Fest og ballade i barndommens gade
- en cocktail af luskerier, romantik og et enkelt spøgelse

Af Maja Rosendal Avnbøg

Forlag: Books on Demand, København, Danmark
Fremstilling: Books on Demand, Norderstedt, Tyskland
Bogen er fremstillet efter on-Demand-proces
ISBN 978-87-4300-020-4

Fest og ballade i barndommens gade
- en cocktail af luskerier, romantik og et enkelt spøgelse

Til minde om høj og lav, tyk og tynd, som boede i min
barndomsgade.
Ingen beboere er nævnt ved deres virkelige navn –
ligesom gaden og byen ikke er nøjere placeret på
Danmarkskortet.
Hvert portræt er malet med et barns brede pensel
dyppet i en blanding af halve samtaler og fri fantasi og
afslutningsvis redigeret med en voksens satiriske touch
og udglattende skumrulle.

Indbydelse til fest

Vejfesterne på min barndomsvej var legendariske. Når årets program blev afleveret i postkasserne, var datoen for vejfesten den første, der blev sat ring om i kalenderne i de små hjem.

Hver sommer skiftedes vejens beboere til at lægge hus til årets fest. Eller det var vist meningen fra start. Faktisk husker jeg kun én enkelt gang at have været til beboersammenkomster, der ikke blev holdt i Den Gule Carport, der hørte til et af husene midt på villavejen.

Til de allerførste fester, hvor så godt som alle husene var repræsenteret, var bordet dækket op ude midt på vejen. Ikke på tværs, så nogen skulle kæmpe med kantsten og andre med uklippet hæk. Men på langs, så vi altid kunne sætte et par ekstra bukke og en bordplade op, hvis nogle af beboerne havde fået uventede gæster.

Eftersom alle var med, kunne vi være sikre på at undgå trafik på vejen. Eller det vil sige næsten.

For nede for enden af vejen lå – og ligger stadig – et lille aflukke med omkring 20 små kolonihaver, hvortil de fleste kom på cykel, fordi de boede forholdsvis tæt på deres fristed, eller med den bus, der havde stoppested for enden af vores vej.

Kun få beboere fra kolonihaverne kørte i bil. Et ældre ægtepar kom sågar hver fredag i deres lille, røde, trehjulede boble, hvis eneste dør var hele bilfronten, der åbnede op, så de kunne stige forlæns ud af deres sæder.

Sandsynligheden for, at en rigtig bil ville komme i løbet af festen var meget lille, eftersom næsten alle vejens beboere var optaget af festivitassen.

For tilfældets skyld havde arrangørerne udspændt et tykt, snoet skibstov på tværs af vejen for enden af det meget lange bord.

Og så skiftedes ungerne til at "passe bommen" og var ikke sene til at skråle BIIIL, når en sådan alligevel nærmede sig med snigende fart.

Når tovet så blev løftet, var det en balancegang for føreren at køre op på fortovet i højre side tilpas tæt på hækkene, til at den kunne passere langbordet uden at hive dug, stole, hjemmebagte kager og termokander med i farten.

Alle tog det pænt og vinkede og ønskede rigtig god fest. I dag ville vi være blevet meldt til politiet for forstyrrelse af trafikken.

Kongens Bryghus (KB), som senere blev opkøbt af Tuborg, og som havde Farfar ansat som ølkusk, havde i 1960'erne opkøbt hele vejen med tilstødende marker.

En lerstampet grusvej blev tromlet midt i området og markerne blev udstykket til sommerhusgrunde.

Bryggeriets medarbejdere kunne lægge billet ind på at købe en grund af anseelig størrelse.

Det gjorde Farfar og skabte sammen med Farmor den skønneste oase i form af et lille sommerhus, opført i sort træ med tilhørende das og en kæmpe blomsterhave, hvortil de kunne flygte fra deres etageejendom, og hvori jeg tilbragte mange fornøjelige sommertimer.

Her kunne jeg sidde oven på et orange håndklæde i en liggestol og nyde solen på min våde krop, der lige var kommet op af havens svømmepøl.

Da Farfar og Farmor midt i 70'erne forærede mine forældre sommerhusgrunden, var det på baggrund af løftet om, at Far ville bygge et hus til os, så vi kunne vokse op i frisk luft.
   Da Far rev det sorte sommerhus ned og gik i gang med fundamentet til det nye typehus, var vejens belægning stadig den samme; grus og ler.
   Fortov fandtes ikke, og når det regnede, blev leret opløst, og store, dybe pytter med det blødeste mudder, der med lethed kunne smutte op mellem mine bare tæer, blev dannet.

Da vores gule etplanshus med ¾ kælder stod færdig i 1976, var der kun fire-fem af de oprindelige KB-sommerhuse tilbage på den knap 700 meter lange vej. Resten var skiftet ud med parceller og murmestervillaer.
   De fleste af ejerne af de nye huse var på alder med mine forældre – nogle lidt ældre, andre lidt yngre. Men der var ingen generationskløfter på vejen.
   Derfor var der også rigtig mange børn på alder med mig og min lillesøster.
   Jeg husker talrige somre, hvor vi unger legede ude på vejen spillede stikbold, hamrede bolde i jorden og løb til alle sider, legede skjul, sjippede, spillede badminton, hinkede og erobrede lande med kridt og kosteskaft, mens vi råbte: "Jeg melder krig mod Østrig"!
   Og ofte var vores have samlingspunktet.

Farfar og Farmor havde, da de fik os børnebørn, anlagt et lille svømmebassin, der med tiden og ad flere omgange blev gravet både større og dybere.

Vores baghave stødte op til marken bagved. Og havde det ikke været for det brune raftehegn mellem de to matrikler, havde man ikke vidst, hvor vores have endte, og marken begyndte.

I et af hjørnerne havde Far opsat en låge – eller i virkeligheden var det mere et stykke støbetrådnet med strips – så han nemt kunne gå ud på marken og hyppe de kartofler, som han ikke mente, der var plads nok til inde i haven.

Vi unger byggede huler i nøddehegnet derude. Og delte mange hemmeligheder.

En gang fandt nogle af vi piger på, at vi skulle være venner for evigt. Og rigtige venner blandede blod.

Jeg havde taget en dolk og et plaster, hvis det skulle blive nødvendigt, med derud.

Længe sad vi og kiggede på knivens æg. Som den ældste kunne jeg vælge *ikke* at være den første. Så det gjorde jeg. Den næstældste stod dermed for tur. Men da hun efter en rum tid stadig forblev tavs og ubevægelig, nærmest rev jeg dolken ud af hånden på hende og jog den ned i min egen pegefinger. Jeg kiggede rundt i den lille forsamling af pludseligt ligblege pigebørn og indså, at det trods alt var for meget for dem.

Jeg rejste mig resolut op, gik hen til vores hegn og brækkede et stykke flamenco af den plade, Far havde stående bag bunken af plastiktagplader og gik tilbage til hulen.

Jeg pressede lidt frisk blod frem under snittets næsten størknede overflade og lod det dryppe ned på den hvide flamenco. Så tog jeg pegefingeren på samtlige, tavse piger, prikkede et knap synligt hul i hver deres venstre pegefinger og tværede dem ned i min blodplet.

Og sådan blev vi hulevenner for livet. Eller i hvert fald indtil et forsøgsdyrslaboratorium gjorde sit indtog på marken og jævnede samtlige huler og hasselnøddetræer med jorden. Far beholdt dog sine kartofler i fred.

Det var af vejens grundejerforening pålagt sekretærens eller kassererens børn at uddele invitationer til årets vejfest.

Da kassererens søn for længst var flyttet hjemmefra, og da Mor var sekretær, var det derfor ofte min opgave at traske fra postkasse til postkasse i håbet om, at jeg kunne gøre det uset og hurtigt.

Som jeg står ved mine forældres havelåge med et barnevognsstyr i den ene hånd og en treårig i den anden og kigger op og ned af vejen, husker jeg med al tydelighed, hvordan jeg gruede for hvilken skæbne, der ville møde mig, når jeg blev fanget med hånden halvt nede i beboernes postkasser.

Værre var det, når jeg skulle helt op til huset og smide vejfestinvitationen igennem en brevsprække.

Jeg havde jo mange gange oplevet vejfolket på godt og ondt – mere eller mindre appelsinfrie – og vidste udmærket, hvem af dem der kunne finde på at rive døren op og enten drille mig eller endnu værre – spørge mig om et eller andet, jeg syntes, jeg skulle være mere end almindelig klog for at svare på.

Det føles som lysår siden, at jeg boede her på vejen.
Nu er jeg kun på sporadiske besøg hos mine forældre, der har været trofaste beboere på vejen det meste af deres liv.
Jeg er glad for at være vokset op her. Men nok endnu gladere for at være sluppet fri for den lille enklave, hvor alle vidste alt om hinanden. Og dét, de ikke vidste, fandt de hurtigt på.
Men selvom jeg har været væk i mange år, kunne det have været i går, jeg løb rundt og legede eller delte invitationer ud, for ikke mange af facaderne eller haverne har skiftet udseende siden dengang.

Det er vigtigt for mig at vise mine børn, hvor jeg er vokset op.
Og måske er det vigtigt for mig at genopfriske de mennesker, jeg voksede op med.

Kom piger, lad os tage en tur ned ad Memory Lane....

Det gamle sommerhus

For at give mig selv en blid start på min farefulde færd rundt til samtlige af vejens postkasser med de nytrykte invitationer, der stadig duftede af spritduplikatoren, startede jeg hos naboen til venstre.

Her i et yndigt, lille KB-sommerhus omgivet af frugtbuske, som konen flittigt høstede af, boede Hr. og Fru Bybo.

Og kun om sommeren. Men ikke hele sommeren. De pendlede, sagde Mor og efterlod mig i uvished om, hvad dét mon indebar.

Derfor var det ikke sandsynligt, at de var hjemme, når jeg kom med det endnu fugtige ark. Og skulle de alligevel være der, ville jeg slippe hurtigt af sted igen, for Byboerne passede deres og blandede sig ikke i nogen eller noget uden for matriklen, selvom de trods alt altid hilse pænt. Hr. Bybo lettede endda på hatten og bukkede hovedet en smule.

Jeg husker ikke, at jeg nogensinde har set det ældre ægtepar til en vejfest. Men de blev aldrig snydt for den invitation, som jeg lydløst lagde i den lille, grønne sommerhuspostkasse med løst låg, som hang så pænt ved siden af den lave havelåge.

De var jo trods alt vores naboer.

Globryllup, gloser og glasskår

Som jeg nærmede mig det næste hus, hamrede mit hjerte altid lidt hurtigere.

Mureren var en af dem, jeg ikke havde lyst til at møde. Ikke fordi jeg var bange for ham. Mere fordi han var en af dem, som var lidt for højrøstet og lidt for drillesyg. Og så var han gammel kollektivist med hang til både det ene og det andet, sagde man.

Sammen med sin far og en bunke andre sociale mennesker byggede Mureren i samme periode som Far en nærmest kvadratisk murmestervilla i gule sten.

Da han var færdig med at bygge, spurgte han Far, om ikke han ville hjælpe til med at lægge kartofler i deres have?

I det rummelige hus boede allerede en masse unge mennesker – muligvis på skift. Så Far mente ikke, at det skulle være hans opgave at hjælpe med at anlægge *deres* have.

Der var ofte fest hos Mureren.

En aften kunne vi fra vores terrasse høre Shit & Chanel gennem hele to haver omkranset af liguster og helt ind i vores. Ordene, de sang, lød så tydeligt, at jeg faktisk troede, at Mureren havde hyret bandet til at spille i haven.

Men da de spillede "Smuk og Dejlig" for tredje gang, var jeg nok klar over, at der næppe var tale om en intimkoncert med det populære band. Mere en LP ingen magtede at vende.

Jeg havde ikke set Mureren med en fast kæreste, før Hippien flyttede ind. Hvordan og hvorledes det gik for sig, at netop de to fandt sammen, aner jeg ikke. Men faktum er, at Hippien flyttede fra Danmarks Stærkeste Mand, der boede i den anden ende af vores vej, og ind i murermestervillaen sammen med de mange andre unge.

En dag få år senere havde jungletrommerne været vejen rundt og fortalt, at Mureren skulle giftes med Hippien. Så meget for "som brødre vi dele".

Traditionen tro var mange af vejens beboere samlet foran Murerens hus, som de plejede, når noget stort skulle fejres i en af familierne.
Sammen ventede vi denne skønne sommerdag i spænding med favnene fulde af bundne blomsterbuketter og fyldte flasker indpakket i bølgepap og stribet papir fra Skjold Burne.
Og pludselig kunne vi høre en bil komme rundt om hjørnet og ned ad vejen. Eller dét, vi kunne høre, var i virkeligheden de raslende konservesdåser, der var bundet i bilens kofanger.
Den hvide limousine standsede foran huset. Der blev helt stille. Vi stod klar med flag og spændte miner. Men ingen fra bagsædet stod ud.
Så blev døren i førersiden åbnet og ud vaklede en mand. Jeg genkendte ham som en af beboerne i kollektivet.
På usikre ben gik han rundt om bilen, mens han ihærdigt rettede på sin krøllede, hvide uniform, der i sommer-varmen kun var lukket med én knap. Under den hvide kasket blussede hans evigt højrøde ansigt, der

glinsede af sved. Hans øjne svømmede, da han tog i passager-dørens håndtag og åbnede for bruden.

Elegant stod hun ud i sin flagrende, hvide bomuldskjole med broderet bort på trompetærmerne og stor, hvid balladebør på hovedet. Hun kiggede ophøjet på pøblen og nikkede næsten ubemærket til os.

I et forsøg på at matche brudes korrekthed bukkede chaufføren dybt for hende. Han glemte dog at holde på kasketten, der faldt ned på fortovet foran ham.

Tydeligt besværet fortsatte han sit buk endnu dybere og samlede uniformshatten op. Anstrengelsen resulterede i en høj lyd fra hans buksebag, og brudens Mona Lisa smil blev en anelse stift.

I mellemtiden var Mureren stået ud af døren i sin side af bilen. Smilet bredte sig på hans lille, runde ansigt, da han så os alle stå på vejen foran bilen og vinke. Han vinkede igen, gik rundt om bilens bagende og småløb for at gøre sin brud, der var vendt rundt med himlende øjne, følgeskab op ad trappen til huset.

Så var dét globryllup overstået. De tog ikke engang vores gaver med op i huset.

Chaufføren så jeg aldrig siden.

Hvert år til vejfesten var der et hav af aktiviteter. Det kunne være en popquiz, en bagekonkurrence, et O-løb med forhindringer undervejs eller holdopgaver.

Et år var vi børn delt op i tre hold efter alder. Jeg var med mine elleve år lige akkurat gammel nok til at komme på Det Store Hold.

Mureren stod for at stille de alderssvarende spørgsmål til de forskellige hold.

De to større drenge på mit hold og mig selv klarede os godt igennem spørgsmålene.

Da det atter blev vores tur til at svare, stillede Mureren os det sidste og afgørende spørgsmål.

"Hvad betyder det engelske ord *speed*?"

Åh, dét vidste jeg!

De to drenge sagde ingenting, men kiggede spørgende på mig.

Åh, hvad var det nu? Jeg havde det lige på tungen!

"Får! Det betyder får!"

"Hvad siger Maja?

"Får!"

"Altså det engelske ord *speed*?"

"Ja! Det betyder får! Det lærte jeg i skolen i går!"

Kort stilhed.

"Desværre. Får er ikke det rigtige svar."

Det undrede mig, at en mand, der tydeligvis ikke kunne engelsk, var blevet valgt som dommer til sådan en vigtig konkurrence! Det var da helt utroligt!

Jeg blev mere og mere vred. Hold nu op, hvor var det uretfærdigt!

Da resultatet var gjort op, og Det Store Hold *ikke* havde vundet, styrtede jeg hjem og ind på mit værelse, hvor jeg resolut rev min engelskbog op af tasken og slog op på siden med bondegårdens dyr.

Jeg ledte og ledte næsten desperat efter *speed*. Men den eneste læsebogsglose, der kom tilnærmelsesvis tæt på, var *sheep*.

Der gik 2½ time, før den dybrøde farve i mine kinder var forsvundet, og jeg havde oparbejdet nok mod til at gå tilbage til festen, hvor de voksne havde godt gang i legen ”vind-en-øl-hvis-du-kan-slå-sømmet-helt-ned-i-bjælken-med-ét-hammerslag”.

Flere år senere havde jeg en noget anderledes oplevelse med samme Murer, som jeg ellers havde forsøgt at undgå siden nederlaget.

Mor havde en sensommereftermiddag sendt mig op til Den Lille Købmand. Og på vejen skulle jeg poste et ”meget vigtigt brev” for hende.

For at komme ned til købmanden, skulle jeg til venstre i Det Store Kryds.

Mor hadede det kryds. Mange lastbiler brugte dette trafikerede sted til med en U-vending at komme fra én bydel til en anden. Og det gik ikke altid lige godt.

En dreng, der gik på min skole, boede i et af rækkehusene i nærheden af min vej. Og hver dag på vej hjem, skulle han krydse vejen netop dér, hvor lastbilerne lavede deres vendinger.

En dag kom en lastbil med en uopmærksom chauffør. Han ramte drengen, der døde på stedet.

Jeg husker stadig hans smukke ansigt. Men jeg husker ikke hans navn...

På cykel kørte jeg med det vigtige brev i min lomme ind i krydset og holdt, som færdselsreglerne foreskrev, ind til siden og ventede på, at der skulle blive grønt den anden vej, så jeg kunne komme over til postkassen på modsatte hjørne.

Mens jeg stod dér, så jeg Mureren komme susende fra samme retning, som jeg selv var kommet. Han havde åbenbart et ærinde samme sted som mig. For han stoppede ved siden af mig og hilste smilende.

Jeg kiggede på ham. Og så hørte jeg et hvin af dæk og et øredøvende brag.

Som i slow motion så jeg Mureren vende hovedet bort fra mig og kigge i retning af den cykelsti, vi begge lige var kommet ad. Jeg kiggede samme vej og med ét mærkede jeg en byge af hagl regne ned over mig.

Jeg undrede mig over, at vejret kunne skifte så pludseligt uden en sky på himmelen Og jeg undrede mig over, hvorfor der pludselig kom en gammel, skægget mand flyvende oppe i luften med retning mod Mureren og mig. Så lukkede jeg instinktivt øjnene og mærkede et voldsomt stød i min venstre side.

Min cykel skred under mig, og jeg væltede ned på fortovet. Stadig med lukkede øjne forsøgte jeg at rejse mig. Forgæves.

Da jeg endelig fik åbnet det ene øje på klem, så jeg Mureren ligge oven på mig. Hans cykel lå imellem os.

Jeg løftede hovedet og kiggede med begge øjne. Jeg begreb ikke, hvad jeg så. Den gamle, flyvende mand lå oven på Mureren oven på mig!

Hvor lang tid vi lå dér, havde jeg ingen som helst anelse om. Men på forunderlig vis fik Kluddermor rodet vores kroppe ud af hinanden og hinandens cykler.

”Er du kommet noget til?”

Mureren kiggede bekymret på mig. Jeg trak på skuldrene.

Flere af mine sanser blev med ét vakt til live, da jeg pludselig hørte udrykning og så en masse mennesker, der stod på fortovene rundt omkring os, og biler der holdt på kryds og tværs ude i krydsreguleringen.

"Hva' var det egentlig, der skete?"

"Jeg ved det ikke helt. Men en gammel mand på cykel er blevet ramt. Jeg synes, du skal sætte dig ind på fortovet og kigge den anden vej."

Sådan sad jeg et stykke tid og hørte tumulten omkring mig. Jeg mærkede en lille knude i maven, da Mureren forlod mig for en kort stund.

Da han kom tilbage, spurgte han, om der var noget vigtigt, jeg skulle hos Den Lille Købmand?

Jeg havde fuldstændig glemt, hvad det var, jeg skulle købe. Men Mors formaninger om, hvor vigtigt brevet var, huskede jeg stadig.

Jeg stak hånden i lommen på min anorak af mørkeblå beavernylon, som Mor havde syet til mig. Så rakte jeg ham brevet, der nu bar tydeligt præg af begivenhedernes gang. Mureren tog det og gik.

Da han kom tilbage uden brevet, hjalp han mig op.

"Kan du gå på benene?"

Jeg støttede forsigtigt på skiftevis det ene og det andet ben. Det venstre gjorde virkelig ondt. Jeg kiggede ned på buksebenet og så en lang flænge i det lysebrune stof. Jeg mærkede forsigtigt på min hud inden under flængen. Der var hverken vådt eller klæbrigt. Så tog jeg prøvende et skridt fremad. Selvom jeg måtte bide tænderne hårdt sammen, kiggede jeg på ham og nikkede.

"Jeg har ringet hjem. Min kone er på vej ned til din mor for at fortælle hende, at hun skal komme os i møde."

Jeg nikkede igen, og humpende begav vi os hjemad. Det føltes som vejen til verdens ende.

Da vi nåede svinget på Lortestien, fik jeg øje på Mor længere nede af vejen. Hun småløb med hånden foran munden og et underligt udtryk i ansigtet.

Hvad der skete med den gamle mand, fik jeg aldrig at vide. Der blev en retssag ud af det, hvor jeg blev indkaldt som vidne, men hvor Farfar mødte op i mit sted, for hvad jeg sagde til politiet, at jeg huskede, var ikke i overensstemmelse med, hvad der virkelig var sket. Og så røg min mulighed for at kaste lys over sagen.

Men at det *var* sket, var jeg ikke i tvivl om. Flere måneder senere kunne jeg stadig grave glasskår frem fra hjørnet i min anoraks mavelomme.

Mulags have

Faktisk var murermestervillaen før i tiden det sidste rigtige hus på dén side af vejen.

Grunden for enden af vejen var ét vildnis. Faktisk var grunden så stor, at den senere blev udstykket til hele tre parceller.

Midt inde i bevoksningen, der for os unger nærmest var en hel skov, lå et lille, bitte hus. Måske er skur en bedre beskrivelse, men det var dog af mursten og med tegltag.

Nogen havde set lys i vildnisset om natten. Og nogen sagde, de havde set en sigøjneragtig type gå derind i skumringen.

En gang så vi nede fra midten af vejen, hvor vi legede i sommeraftenerne, en fremmed dreng, som langsomt sneg sig langs hækkene ned mod os. Men han kom aldrig helt tæt på.

Til min store forfærdelse inviterede Mor en gang drengen ind i vores have. Hvor hun havde mødt ham, eller hvordan de havde fået kontakt med hinanden, aner jeg ikke.

Da han kom ind til os, spurgte hun, hvad han hed.

"Mulag."

Det var første og eneste gang, jeg hørte hans stemme. Og godt det samme, for dens pibende lyd lød som negle ned ad en tavle.

Drengen badede i vores svømmepøl og fik et par rugbrødsmadder. Ikke én eneste gang så vi antydningen af et smil eller nogen anden form for mimik. Men han kiggede sig vedvarende over skulderen. Senere blev han hentet af en mand, vi antog var hans far.

Vi havde aldrig mere kontakt med ham. Eller med resten af familien, der – sagde man – talte en mor, en far, en storesøster, Mulag selv og et lille barn i klapvogn.
 Ingen på vejen talte tilsyneladende med familien, men man vidste underligt nok, at de var fra Polen.
 Familien søgte aldrig kontakt med nogen på vejen. Og selvom man kastede nysgerrige og meget bekymrede blikke ind gennem hækken, generede de aldrig nogen.
 Og alligevel var der et eller andet ved dem.

I den periode begyndte katteejerne på vejen at tale om, hvor mærkeligt det var, at deres katte forsvandt. De blev aldrig fundet kørt over eller forgiftet eller syge. De bare forsvandt.
 Det samme gjorde familien. Fra den ene dag – eller måske rettere nat - til den anden. Ingen så dem tage af sted. Men lyset i huset skinnede ikke længere efter mørkets frembrud.

Nogle af drengene på vejen dristede sig til at gå ind i vildnisset. Og dér opdagede de, at huset var forladt.
 Resten af os unger blev også nysgerrige og sneg os helt ind i huset, der på det tidspunkt var mere eller mindre faldefærdigt.
 Der manglede ruder i flere af de små vinduer. Solen skinnede ind gennem huller i taget. Stumper af stearinlys lå spredt på et trebenet træbord, der stod lænet op af

væggene i et hjørne. En ældgammel, tom petroleums-
lampe med skåret glas stod på gulvet.

Udover dét havde de ikke efterladt sig andet end en
mølædt sofa og en blå, sammenklappet klapvogn på
rustne hjul.

Som tiden gik, blev de gamle vægge mere og mere skrå.
Og stuen mere og mere lys efterhånden, som flere
teglsten faldt ned på gulvet.

En af de små tøser fandt en kost med knækket skaft
under en busk og begyndte omhyggeligt at feje gulvet.
Måske i håb om, at vi kunne bruge huset som legehus.

Ude i haven var nogle af drengene gået i gang med at
rydde dele af krattet, mens andre gravede huller i jorden
og byggede bump til deres nøje planlagte
mountainbikebane.

"Hvad er dét?" spurgte en af pigerne og pegede på en
lille bunke på gulvet, som fejepigen med kosten havde
blotlagt.

Vi kiggede alle indgående på bunken, der i første
omgang lignede nogle sammenfiltrede læderremme,
men som vi ved nærmere eftersyn opdagede var
kattehalsbånd.

"Hey, kom herud og kig" lød det i det samme fra haven.

Glade for at slippe ud af ruinen, der alligevel aldrig
ville kunne blive et hyggeligt legehus, styrtede vi piger
ud i vildnisset og hen til drengene.

En af dem lå på alle fire foran et pænt stort hul og
pegede på et eller andet.

Jeg stirrede på genstandene nede i mørket. Og måske
fordi jeg var den ældste og havde en vis livserfaring,

eller måske fordi jeg mere end én gang havde ligget bag sofaryggen hjemme i stuen og i smug havde set med på film, der ellers var forbudt for børn, forbandt min hjerne alt for hurtigt fundet af halsbåndene i huset med de små, hvide knogler og kranier med sylespidse tænder, der var kommet til syne under mulden.

Som fundet rygtedes, forbød snart alle forældre, at vi børn kom i haven.

Men forbuddet gjaldt åbenbart ikke de voksne. For mine forældre var ikke sene til at udstyre sig med alverdens plastikspande og skåle for i efterårets tusmørke at begive sig på hyldebærrov flere år i træk.

En kold efterårsaften, hvor det rigtig ruskede i trækronerne, fløj Mors vielsesring af hendes iskolde fingre, da hun efter at have rippet de sorte bær smed de overskydende grene hen i et hjørne af haven.

Trods lang tids eftersøgning i skæret af en lommelygte, som Far ilede hjem efter, var ringen pist væk.

I vores familie havde vi grøddag én gang om ugen for at spare på husholdningspengene. Det blev til tider lavet om til hyldebærsuppedag. Jeg brød mig ikke om hyldebær.

"Du *skal* spise din suppe, Maja. Den har kostet en formue", formanede Mor.

Tyggegummikongen

Jeg skynder mig ved mindet om kattelig og tabte formuer at skrå over vejen, og videre forbi et par huse uden synderlig interesse. Det var trods alt ikke alle på vejen, der gjorde sig bemærkede. Og således sætter jeg tempoet i vejret og triller barnevognen op til næste hus.

Store Lars, Farfars kollega fra KB, havde samtidig med Farfar købt en grund og bygget først et sommerhus og sidenhen et parcelhus.

Store Lars' datter blev gift med manden, der senere skulle blive kendt – i hvert fald bag *vores* gardiner - som Tyggegummikongen. Sammen fik de to børn.

Farmor omtalte altid familien lidt knottent.

"Og tror du så ikke, at ungerne *derovrefra* kom med deres håndklæder, fordi de ville bade i *vores* svømmepøl?!"

Tyggegummikongen havde en gammel golden retriever, som vraltede langsommeligt op og ned ad Lortestien med sin herre i den anden ene af snoren.

Når vi havde døbt det lille stykke ubeboede, men dog befærdede vej tæt på vores, var det fordi, fortovets græsbevoksede kant lige akkurat var bred nok til, at en hunderøv kunne sænkes og efterlade, hvad end der måtte komme ud. At mange hundeejere valgte at gå netop dén vej, var fordi det var det eneste stykke grønt på vej til Den Lille Købmand. Og så kunne hundeejerne jo slå to fluer med ét smæk uden at blive overfuset for ikke at samle efterladenskaberne op.

Lige så langsomt retrieveren gik, lige så hurtigt og ihærdigt tyggede ejeren på sit evindelige tyggegummi. Jeg husker ikke at have set ham uden gnaskende gummer. Men om han, ligesom Far, halverede stykkerne, inden han indtog dem, ved jeg ikke.

Nogle gange kunne Tyggegummikongen hilse med løftet hånd, når jeg cyklede forbi ham og hunden. Andre gange blev det kun til et afmålt nik.

Tyggegummikongens datter og søn var omkring 5-8 år ældre end mig.

Det var kun i vejfesternes spæde start, at Familien Tyggegummi deltog i festlighederne.

Grunden til, at de holdt op med at feste med, var – sagde man – at datteren ved slutningen af en vejfest, var gået med Danmarks Stærkeste Mand hjem.

Jeg må være blevet lagt i seng. For *jeg* så ingenting. Så om det var før eller efter, den stærke mand var holdt op med at være kæreste med Murerens – kommende - kone, vides ikke med sikkerhed. Men der havde været stor opstandelse, og Tyggegummi-kongen talte aldrig til muskelbundtet siden.

Tyggegummikongesønnen havde et for generationen helt almindeligt navn. Men vi unger gav ham et øgenavn, der rimer på ”boller”, og dét i sig selv grinede vi utroligt meget af.

Hver gang sønnen kom til syne på vejen, og når vi i øvrigt var tæt på en åben, venligstemt havelåge, råbte vi øgenavnet, mens vi var ved at falde over hinanden af grin.

Da jeg senere fik min første, rigtige kæreste, som boede på nabovillavejen, begyndte jeg at hænge ud med kongesønnen, fordi han var bedste ven med min kærestes storebror.

De to venner havde hver en bil. Den ene var en skinnende, rubinrød Morris Mascot med tagrude. Den anden var samme slags, men perlemorshvid med en blå stribe langs siden.

De var nogle søde gutter, som jeg kom til at holde meget af og stole fuldstændig på. Men de var også ballademagere, som store knægte er flest.

Jeg måtte ikke køre ture med dem for Mor. Men hvad skulle vi ellers lave, når nu de funklende tegn på myndighed bare stod og skreg på at blive brugt?

Så jeg låste mig inde på mit værelse efter aftensmad, åbnede mit vindue på fuldt gab og krængede mig under rammen og ud på det yderste af sålbænken, før jeg lydløst lukkede vinduet i bag mig og sprang ned på græsplænen. Jeg mavede mig forbi terrassen foran stuevinduerne og om til havelågen, hvis hængsel jeg afmonterede, så den ikke skulle knirke, når jeg kom hjem.

Én gang kørte vi ind til København og cruisede rundt på boulevarderne med nedrullede sideruder og drønende musik fra bilernes indbyggede subwoofere.

Da vi kørte hjem igen, var det blevet bælgmørkt. De større veje omkring vores små villaveje var sindrigt opbygget som en slags trafiksnegl. Når man kom inde

fra byen, skulle man i bil rundt i sneglen ad flere om-
gange for til sidst at komme frem til de to yderligt
liggende småveje, hvor vi hver især boede.

Hvis man derimod var på cykel, kunne man fra Det
Store Kryds køre omkring 100 meter på cykelstien i den
"forkerte retning" – altså *mod* trafikken - for så at dreje
til venstre ned på Lortestien med retning mod vores
hjem. Dermed sparede man en hel kilometer.

Når vi cyklede hjem fra skole, var vi altid klar til at
springe af cyklen, hvis politiet skulle komme kørende
imod os. Men det skete så vidt vides aldrig for nogen af
os.

Denne aften var Storebroren og Kongesønnen lidt vel
kåde af det gode vejr, den høje musik og friheden ved at
cruise rundt i Staden.

Inden vi kørte hjem, aftalte de gennem sideruderne på
hver deres bil, at hvis der ingen trafik var i Det Store
Kryds, ville de – i stedet for at køre rundt og rundt i
sneglen – køre deres små Mascotter op på cykelstien i
vejens modsatte side og mod trafikken hen til den
venstresvingende Lortesti.

Mit hjerte hamrede af spænding, da jeg sammen med
min kæreste sad på bagsædet i Kongesønnens lille,
firkantede legoklods af en bil.

Storebroren kørte forrest med sin bil proppet til randen
med venner, der skulle med hjem.

Jeg halvt frygtede og halvt håbede, at Det Store Kryds
ville være trafiktomt. Og det var det.

Begge biler holdt for rødt lys i krydset og blinkede til
venstre. Den rubinrøde foran vores.

Da lyset skiftede til grønt, drejede begge biler mod venstre. Men i stedet for at fuldføre svinget, krængede bilerne til højre midt i svinget og kørte op på cykelstien, der kun lige var bred nok til, at en bil i miniformat kunne køre der.

Midt på cykelstien trådte Tyggegummisønnen koblingen i bund, skiftede gear og trådte på speederen. I febrilskhed havde han dog glemt at slippe koblingen igen, hvorfor bilen ikke rørte sig ud af flækken. Til gengæld afgav den en masse sort røg og en larm uden lige. Den rubinrøde bil forsvandt i mørket foran os.

Et par bilforlygter kom til syne på den store vej foran os. Sønnen opdagede sin fods fejlagtige placering. Af frygt for, at forlygterne tilhørte en patruljerende politibil, nærmest fløj vi hen ad cykelstien.

I sidste øjeblik, inden forlygterne passerede os på højre side, flåede Sønnen i rattet mod venstre, mod sikkerhed.

På bagsædet lettede min krop sig trods en spændt sikkerhedssele, og mit hoved hamrede ind i ruden ved min side. Jeg fik en kæmpe bule i panden. Og et mindre hjertestop, da det senere gik op for mig, at der kunne have været kommet en cykel uden lygter på stien.

Vi talte ikke så meget om det, da vi var hjemme. Det var der ikke tid til, for jeg skulle være hjemme, inden mine forældre bankede på min dør for at sige godnat, og jeg måtte løbe hele vejen for at nå ind gennem vinduet og ned under dynen.

Siden dén dag kørte vi altid den ekstra kilometer rundt i trafiksneglen.

Lord of the Wall

Én gang deltog vores genboer gennem mange år i vejfestivitassen. De var ældre end mine forældre og ikke helt så festmindede. Men det skulle ikke hedde sig, at de yngre ikke ville have de ældre med, sagde Mor.

Så hvert år indbød jeg dem troligt til vejfest.

De første, der boede i det høje hus over for os, var dog Hr. og Fru Fisker.

Når manden ikke var på havet, brugte han sin fritid på at bygge det smukke, snirklede rækværk på balkonen på husets 1. sal. Han var meget omhyggelig, fortalte Mor, der med slet skjult nysgerrighed fulgte med bag vores køkkens todelte gardin.

Hr. og Fru Fisker var flinke mennesker.

De var som de eneste udover familien inviteret, da vi holdt rejsegilde på vores hus. Jeg gik rundt i det, der skulle blive stuen, mens min søster lå i sin barnevogn og sov.

Jeg har nok kedet mig som eneste barn. Så med en rød pølse i den ene hånd og en orange sodavand i den anden hoppede jeg rundt mellem de lange træbjælker, der lå på betongulvet. Jeg tog en tår af sodavanden og glemte at se mig for, så pludselig snublede jeg over mine egne ben og faldt lige så lang, jeg var. Jeg ramte dog ikke gulvet, for Hr. Fisker sprang fremad og forhindrede mit hoved i at ramme den nærmeste bjælke.

Jo, flinke folk var de.

Men måske Hr. Fisker var lige flink nok til at støtte Den Lille Købmands kassebeholdning. I hvert fald fik han en del våde varer inden for sydvesten.

Om dét var den direkte grund vides ikke. Men jeg husker den pinsedag, hvor Fru Fisker ringede på vores dør og grådkvalt fortalte, at hendes mand var død og borte. Druknet under en fisketur efter gårsdagens pinsefrokost. Hun var naturligvis utrøstelig.

Nu blev det kunstfærdige rækværk pludselig et fængsel for hende. Som et lille plaster på det gabende sår fik hun heldigvis ret hurtigt solgt det store hus, som hun ikke længere havde råd til at bo i, og som desuden rummede alt for mange minder.

Vi var meget spændte på, hvem der nu ville flytte ind. Min søster og jeg håbede på nogle flere børn. Mine forældre kunne vel også godt have tænkt sig nogle jævnaldrende – eller i det mindste nogen, som havde en spændende tilværelse at følge med i bag køkkengardinet.

Dem, der købte huset, virkede flinke nok.

Men deres børn var flyttet hjemmefra for mange år siden. Måske var det derfor, at manden som noget af det første efter indflytningen byggede en høj, gul mur langs den del af grunden, som vendte ud mod vejen og dermed over mod os og samlingspunktet for vejens legende unger.

For enden af muren lod han en lidt tilbagetrukken carport opføre og afsluttede det efterhånden borglignende bygningsværk med en mandshøj jernlåge med samme krummeluremønster som rækværket på balkonen.

Vi så derefter kun parret, når de skulle på tur i enten deres grønne eller deres sorte Citroën af modellen Porsche-wannabe.

Engang fik vi en uventet invitation til middag bag muren.

Jeg tror ikke, at mine forældre var særligt begejstrede. Men iført vores fineste tøj troppede vi op med en pæn buket og en forhåbning om, at tiden derinde måtte gå hurtigt.

Parret havde de fineste møbler med blanke overflader og bøger sat i omhyggelig farveorden. Rundt omkring på de små borde var opstillet kunstfærdige stilleben på lakerede bakker. Jeg havde klart på fornemmelsen, at dét hus ikke var et opholdssted for børn.

Min slanke mor lignede en, der ikke turde sætte sig i de tyndbenede stole. Og selv min til tider alt for afslappede far var ikke helt sig selv. Og da jeg fik øje på nogle meget smukke æg i blankpoleret marmor, som lå i en skål af samme materiale, og så mit snit til at tage ét op i hånden, kunne jeg tydeligt høre min mors gisp af rædsel.

Da vi var vel hjemme igen uden at have ødelagt interiøret eller spildt på den hvide damaskdug, røg det fine tøj og den forcerede høflighed ind i skabet på rette hylde.

Jeg har ikke tal på de gange, hvor vi legende børn i kådhed skød vores bold ind over muren og ind på den neglesakstrimmede græsplæne.

Når dét skete, syntes de andre børn sjovt nok altid, at de kunne høre deres mor kalde på dem, hvilket de jo ellers aldrig kunne.

Sandheden var, at min søster og jeg (eller i virkeligheden mest mig) var de eneste, der turde gå derind. Muligvis fordi vi i løbet af den stilfulde middag mente at have gjort os fortjent til at færdes i haven.

Det mente parret så åbenbart ikke, for senere blev der sat en Ruko-lås i lågen og så var dén mulighed udtømt. Eller næsten.

For jeg tog alligevel mod til mig engang og klatrede over lågen og luskede ind i haven. Det var pludselig som om, det der middagsselskab ikke længere havde værdi. Men efter et par lange paranoide minutter blev jeg enig med mig selv om ikke at gentage succesen.

Fruen var meget, meget rar og lidt forsigtig anlagt. Det kunne man ikke rigtigt sige om manden. Det var yderst sjældent, at jeg så ham smile. Han var overlærer eller professor eller noget andet fint. I hvert fald lagde Mor mange gange mærke til ham, når han kom ud af lågen og låste omhyggeligt efter sig. Hun havde hørt fra hans kone, at han underviste i matematik et eller andet sted. Og det passede jo meget godt overens med hans mørke jakkesæt og fine, mørke mappe.

Dengang jeg havde store udfordringer med at læse op på matematikeksamen, lige inden jeg fik min studenterhue, var han derfor mit første valg, da jeg søgte hjælp.

Han, som efter sigende underviste på en højere læreanstalt, måtte kunne hjælpe mig.

Jeg havde Mor med, da jeg langt om længe havde taget mod til mig og besluttet mig for at ringe på.

Med den mentale hat i hånden fik jeg fremstammet mit ærinde og afliret den remse, jeg hjemme havde øvet mig længe på, og som skulle give ham lige dele medlidenhed med mig og anerkendelse af mit problem.

Han kiggede tomt på mig og knejsede med nakken. ”Jeg tager ikke private elever.”

Så lukkede han døren i, og jeg tog min hat på igen og gik hjem.

Skindet bedrager

Da vi flyttede ind, boede der en stor, rød hund i det næste hus. Selvfølgelig sammen med dens ejere. Den irske setter med de lange, bløde ører lystrede navnet Zaco og lignede en glad hund.

Hvordan den havde det, da dens mandlige ejer døde, ved jeg ikke. Men kort efter solgte hundens mor sit hus til et barnløst ægtepar, der kom til at spille en anderledes vigtig rolle i min fremtidige karriere.

Piloten, der sammen med sin kone overtog huset efter hunden og dens mor, var utrolig flot. Sådan lidt á la Ole Stephensen i hans yngre dage med brylcreme i det sorte, tilbagestrøgne hår.

Det kunne selv jeg se trods min relativt unge alder. Og det var ikke, fordi jeg i min prepubertet nemt blev tiltrukket af så godt som alle hankøn. Det var fordi, han virkelig *var* et syn for guder.

Enkelte gange så jeg ham komme hjem i sit arbejdstøj, en skinnende hvid uniform med vinger på skuldrene. Og det var på lang afstand. Pilotkasketten derimod fik jeg lov at prøve ved flere lejligheder.

Udover at have udseendet med sig, var han også utrolig sød og venlig og havde den mest behagelige stemme, som man kunne lytte til i timevis uden egentlig at høre, hvad han sagde. What was not to like?

Hans kone med blågrå stiftfortænder og alt for tynde 80'er puddelkrøller matchede ham slet ikke i hverken udseende eller charme. Men hun var også sød og virkelig hjælpsom, skulle det vise sig.

Da jeg flere år efter, de var flyttet ind, skulle op til den frygtede studentereksamen i matematik og var blevet affejet af den kolde overlærer, var jeg som sprogligstuderende nærmest panisk.

Jeg syntes ikke, jeg havde tjek på noget som helst! Jeg havde været mere eller mindre distraheret af "løsgående hanhunde" i kantineområdet på gymnasiet. Så det var et under, jeg ikke blev smidt ud på grund af for meget fravær.

Derfor havde jeg mildest talt brug for mirakler for at bestå. Eller i hvert fald en del hjælp.

Efter at være blevet afvist af Lorden, spurgte jeg derfor piloten, om han kunne hjælpe mig.

Min ene tanke var, at selvom jeg ikke forstod en disse af det, han måtte forklare mig, kunne jeg altid nyde synet. Min anden tanke var, at han som pilot – eller rettere *luftkaptajn* – måtte være mere end almindelig intelligent.

Men han rystede på hovedet og sagde, at det havde han slet, slet ikke forstand på. Men jeg skulle i stedet prøve at spørge hans kone.

"Det er hende, der er den kloge her i huset."

Et par brikker faldt på plads.

Og således blev pilotens kone min matematikmentor. Og hun terpede med mig, så jeg til sidst havde lært det svære stof udenad.

Da dagen oprandt, trak jeg et spørgsmål om mængder og komplementærmængder.

Dét var – selv uden hjælp - for mig så nemt, at jeg ikke helt forstod, at det kunne være pensum til en eksamen i 3. g. Men det var det. Og jeg fik 13 af en til lejligheden smilende adjunkt, som engang havde betroet mig, at hun strikkede sine egne sweatere efter sirligt udregnede, matematiske mønstre.

Den dag, jeg kørte rundt med mine kammerater i lastbil pyntet med hvide og røde bånd af crepepapir, der i regnen smittede af på vores hvide studentertøj, stod mentoren og hendes smukke mand ude foran mine forældres hus og vinkede overstadigt med forunderligt tørre dannebrogsflag sammen med talrige fremmødte familiemedlemmer og venner – både da vi kom, og da vi kørte videre på vores rute.

Piloten smilede sit smukkeste pilotsmil. Mentoren smilede sit store, blågrå smil.

I forbifarten sendte jeg et fingerkys. Til hende. Og hun smilede endnu større, mens tårer glimtede i hendes øjenkroge.

Nogle år senere, da parrets længe ventede afkom havde lært at gå, og den ellers så aktive men nu parkinson-plagede pilot var blevet lænket til en kørestol, flyttede den lille familie hjem til Jylland.

I stedet ankom en sølvgrå, forhenværende militærmand med en yngre model og to små rollinger, der straks fik en betalt barnepige i min søster, samt to store granddanoiser, der konstant løb rundt om poolen i forhaven, mens de gøede om kap med hinanden og manden i den åbne havedør.

Og dér trykkede hverken modeltitlen eller studenter-
huen.

Den lille tissetrold

Da vi flyttede ind, var grunden skråt over for os en sommerhusgrund, som vores også havde været. Ejeren var ikke en, vi plejede omgang med.

Men til gengæld kunne vi fra bag gardinet – hvis vi stod på tæer i det rigtige hjørne - se, at Ejeren, som jeg aldrig så i selskab med andre mennesker, ordnede sin have iført hvide bomuldshandsker af den slags, folk med bløde hænder har på inden under deres gummihandsker, når de gør rent.

Den eneste forskel var, at Ejerens bomuldshandsker så skræddersyede ud. Lidt fornem havde han vel som snedker på Det Kongelige Teater lov at være.

Ejeren døde ikke ret mange år efter, at vi var flyttet ind. Og det viste sig, at ikke kun hans have, men også hans snedkerværktøj, blev holdt fint i orden. Far, som selv er snedker, opkøbte efter mandens død en hel del af værktøjet og kunne dermed supplere sin egen beholdning.

Grunden til, at *jeg* stadig husker Ejeren, er, at vi af en kvinde – sandsynligvis hans søster – efterfølgende fik lov til selv at vælge os en ting fra den sirligt anlagte have.

Gipsafstøbningen af Manneken Pis, der er omtrent lige så stor som originalen i Bruxelles, står stadig i mine forældres have og tisser ned i en skål.

Ad flere omgange er den blevet vasket og malet og står som en skærende kontrast til det vinteralgebefængte bassin i min barndoms have.

Mandens smukke have med de hvide perlestensstier og de mange, hvidkalkede figurer blev kort efter jævnet med jorden og et nyt toetages murstenshus blev opført i stedet.

Puslespilsbrikken og Det Gyldne Horn

Det næste hus fik aldrig nogen indbydelse. For festerne tog ofte udgangspunkt i ejerens murede, rummelige carport og en invitation var derfor overflødig. Han missede aldrig en lejlighed til at få en bajer eller ti.

Hvis vejret viste sig fra sin ustabile side, blev borde, som grundejerforeningen havde købt i fællesskab, placeret inde under plastiktaget.

Der blev tapet hvide papirduge på bordpladerne, og pynten var de mange farvestrålende tallerkener, som deltagerne havde med fra deres eget køkken. For ikke at tale om kagebordet, der nemt ville kunne gøre enhver sønderjyde misundelig!

De fleste havde også deres egen klapstol med. På nær de tolv førstankomne, der fik plads på Fars hjemmelavede bænke med bomuldsbetræk med grøn bund og små hvide og gule blomster specielt designet til hans og Mors kobberbryllup, der blev holdt nede i vores kælder.

Om det fra starten var tænkt ind i planen, at det netop var ham, der skulle være "vært", vides ikke med sikkerhed. Men fordelen ved, at festerne blev holdt hos netop denne husejer, var, at han alligevel altid var den, der tømte den sidste fustage og slukkede carportens kulørte lamper.

Før det feststemte par flyttede ind, boede der i huset to unge brødre med deres forældre. Brødrene var flere år ældre end mig. Og vi snakkede naturligvis aldrig sammen.

Men pludselig en dag stod den ældste foran mig i skole-
gården.

"Skal jeg bære din taske hjem?"

Min taske? Som i: "skal vi følges?"!

Vi snakkede ikke særligt meget på de hjemture. Men hans smil var skønt, hans mandelformede øjne var ubeskriveligt smukke. Og jeg var solgt.

Sidenhen har jeg tænkt på, om Mor havde betalt ham for at følge mig hjem. Der var trods alt 1½ km på gåben, og jeg skulle trods alt over Det Store Kryds.

Og vi snakkede endsige sås aldrig ud over den tid, det tog at gå strækningen. Men det var lige meget. Når vi gik der sammen, var han min.

Da familien pludselig skulle flytte, var min sorg dyb og ubeskrivelig.

Jeg fik sagt farvel, men anede intet, om hvor de flyttede hen – måske tilbage til Jylland, hvor de vist kom fra.

Som det er kendetegnende for de fleste småpige-forelskelser, er det svært at komme ud af den selvskabte boble, der omgiver én i dagene, ugerne efter bruddet. Når jeg lukkede øjnene og sad i selvvalgt stilhed, kunne jeg se hans smukke øjne for mig.

Men som dagene, ugerne gik, blev billedet mere og mere utydeligt, og jeg var ulykkelig over ikke længere at kunne se ham for mig.

En dag stak jeg hovedet ud af min boble og gik med til at hjælpe min søster med at lægge et nyt puslespil, der forestillede Prinsen, der løber efter Askepot ned ad den lange, bredde trappe foran slottet, idet klokken slår tolv.

Først hjørnerne og rammen, så trappen og den smukke prinsesse in spe. Til sidst Prinsen. Og mit hjerte stoppede. Prinsen havde *præcis* de samme mandelformede, blå øjne som min prins, der var flyttet langt bort!

Det var både første og sidste gang, min søsters puslespil havde samtlige brikker.

Manden med carporten spillede i et stort, klassisk orkester. Ikke så sjældent kunne vi høre ham øve sig på sit horn. Og ikke så sjældent rejste han rundt i landet med sine musikkolleger.

Hans sarte kone med det lange, lyse hår og de meget blå øjne gjort endnu større af en kôhlpen i samme farve var derfor tit alene hjemme. Jeg tænker, at hun kedede sig.

Men vores nabokone, som var på omtrent samme alder, tog hurtigt over, og de to veninder fjantede og fandt på de mærkeligste ting.

Engang havde kvinden, hvis naturligt glatte hår havde 70'er-midterskilning og blev holdt ind til hovedet af en lilla ble fra samme årti, fundet på, at der skulle ske nogle ændringer. Så hun kom styrtende ind hos vores nabo, hvor jeg sad i køkkenet og spiste citronkage, og proklamerede, at hun var klar til noget fuldstændigt vildt, for *nu* ville hun have pandehår!

Vores nabos lille datter havde et par dage for inden fået klippet sin lange, lyse hestehale af og hængt den op som pynt på sin væg.

Samme hårtot hentede naboen straks og satte op under den lilla hovedbeklædning og vupti, blev den blåøjede 5-7 år yngre.

I flere dage hang rottehalen der og indgød mod.

Efter en uges tid kom kvinden hjem fra frisøren uden ble men med en lang page *og* pandelok.

Orkestertjansen bragte hornspilleren vidt omkring – så langt væk som Australien skulle han give koncerter.

Så parret tog sammen til det store kontinent og var væk i meget lang tid.

Nabokonen vrælede over at have mistet sin veninde. Nogen sagde, det var tabet af venindens mand, hun begræd.

Parret kom efter mange måneder, hvor en tysk familie i mellemtiden havde lejet huset og ansat mig som barnepige for deres datter, hjem med et gammelt Folkevognsrugbrød, som de havde rejst rundt i dernede. Den kunne løfte taget på skrå og dermed give plads til to sovepladser.

Jeg var dybt misundelig over al det, de måtte have oplevet og over måden, de havde rejst rundt på. Så meget endda, at jeg overvejede at ridse den militærgrønne maling af bare for at lave et lille skår i den alt for store lykke.

Misundelsen forsvandt dog hurtigt. Og da man begyndte at tale om, at Hornet havde fundet en anden dame blandt sine kolleger, mens hele orkestret var i Australien, og at han skulle flytte sammen med hende, var min grønne kulør helt forsvundet.

Hornet flyttede ud. Og hun solgte huset.

En fjerde familie overtog både hus og gildesalscarport. Og dermed var værtsrollen givet videre.

Men det blev aldrig det samme. Og få år senere sluttede en betydningsfuld epoke fuld af fester og vejglæde i mit liv.

Distanceblænderen

Det næste par på vejen behøvede bestemt heller ingen invitation. Selvom de aldrig selv lagde hus til, var også de altid med til de sjove fester.

Dem havde jeg ingen problemer med at møde.

Eller det vil sige, jeg ville gerne møde *dem*, men ikke deres hund. Ikke fordi det var nogen farlig hund, slet ikke. Det var en sort kongepuddel. Men jeg syntes, den var *grim*. Som i virkelig grim! De der små, stikkende øjne gemt i et virvar af velfriserede pandelokker og halen fuld af krøller, der viftede rundt over det evigt blottede røvhul!

Som jeg nu står dér ved postkassen og kigger ind på huset, mindes jeg dén ene gang, jeg har været derinde.

Mor var blevet inviteret på eftermiddagskaffe af konen, som, da vi satte os i hendes grønne lædersofa, selv sad ganske uroligt på sin hynde og lænede sig fortroligt ind mod Mor. Det var, set med voksne øjne, tydeligt, at hun havde en dagsorden, der skulle tages hånd om, inden hendes mand kom hjem fra arbejdet, for hun blev ved med at kigge på sit armbåndsur.

Hun så stjålent på mig og hviskede noget til Mor. Så rettede hun sig op og vendte sig mod mig.

”Lille ven, har du ikke lyst til at dufte til mine parfumer, der står ude på badeværelset?”

Det ku’ jeg da godt, hvis hun syntes.

De fleste af de små flakoner lugtede som min mormors tyske veninde Fru Schumann; tungt og gammelt.

Efter at have lugtet til kun to af flaskerne havde jeg allerede kvalme. Men da jeg ikke ville gøre damen ked af, at jeg ikke kunne lide hendes parfumer, stillede jeg mig foran hver flaske og lod som om, at jeg tog den op, lod som om jeg lirkede proppen af, lod som om jeg stak næsen ned til åbningen og lod som om jeg snusede indad. Otte sekunder pr flaske, talte jeg. Dét måtte være rigeligt. Det gav et sæt i konen, da jeg på strømpesokker gik gennem døren ind til stuen.

"Du er godt nok hurtig!"

Så sprang hun op og gik hen til en reol, hvorpå det stod en pladespiller.

"Ka' du li' ABBA?"

Da jeg nikkede, løftede hun pickuppen ned over den grammofonplade, der i forvejen lå på gummimåtten.

Can you hear the drums, Fernando?

Konen vendte rundt og gik tilbage til sofabordet, hvor Mor sad med de slanke, let dirrende hænder om sin kaffekop.

"Så du alle de neglelakker, der står ved badekarret? Kunne du ikke tælle dém?"

Om jeg kunne? Jeg ku' da tælle til hundrede! Det var tydeligt, at hun ikke selv havde børn!

Igen tøffede jeg ud på badeværelset, sukkede dybt og undrede mig over, at jeg ikke ved første besøg derude havde opdaget konens neglelakudstilling.

På den vandrette flade for enden af siddebadekarret var opstillet uendelige rækker af lakker i alle farver. *Alle!* Også nogle, der var lortebrune, og gule som tis.

Jeg stirrede bare på dem, mens højtalernes bas dunkede i mit hoved, og jeg lavede 10-20-30-finten med en barnehånd, der flyttede sig fra bunke til bunke. 250 fik jeg det til. Cirka.

Uden bevidst at liste gik jeg igen hen til døren ind til stuen.

"Jamen, han er *så* skøn, og han har lovet mig guld og grønne skove!"

Konens øjne strålede, og hendes læber var fugtige. Mors hænder drejede ihærdigt koppen mellem hænderne.

"Jeg synes ikke, du skal tro på dét, han tilbyder dig."

Plonk, sagde pickup-armen, da den røg på plads i holderen. Der blev stille i stuen. Mor vendte sig mod mig i døren.

"Nå, dér er du, Maja. Nu siger vi tak for kaffe."

Da vi kom hjem, sagde jeg til Mor, at jeg altså ikke gad tælle konens neglelak mere. Dét mente hun heller ikke blev nødvendigt.

Ægteparret, som trods alt levede sammen i huset til hans død, var også fast inventar til de private fester, som vejens beboere holdt.

Da Mor fyldte 50, holdt hun åbent hus i kælderen for alle, der havde lyst til at fejre hende.

Konen med lakken var naturligvis også med og underholdt de omkringsiddende med anekdoter. Dem havde hun foruroligende mange af, så der var altid nyt at lytte til.

Ved denne lejlighed, fortalte hun de omkringsiddende, at hun i løbet af sommeren samme år havde været hos tandlægen adskillige gange for at få lavet et nyt gebis.

”Da jeg så cykler hjem med flagrende sommerkjole, hører jeg nogle unge mænd pifte efter mig. Så jeg vender mig selvfølgelig om og smiler bredt til dem. Pifteriet stoppede øjeblikkeligt, for jeg havde glemt, at mit gebis stadig lå oppe hos tandlægen!”

Hun skraldgrinede af sin egen historie, og hendes lyttende publikum grinte sammen med hende.

Om det var af opstemthed eller for at fastslå sin pointe vides ikke, men pludselig tog hun sit nye gebis ud af munden og dumper det ned i et fyldt ølglas foran sin bordherre!

Meget bedre gik det ikke, da mine forældre havde sølvbryllup, og mange var samlet til morgenbord hos dem.

Det var jo tidligt om morgenen, som det sig hør og bør. Dog havde mine forældre – eller i hvert fald Mor – været vågen længe. De havde for længst klædt sig på og stod klar til at åbne døren, når der ude fra vejen blev sunget om fjederhammen og ja og amen.

Konen med neglelakken var en meget indlevende dame, og da hun denne morgen havde skullet vælge tøj til dagens anledning, havde hun måske forsøgt at sætte sig i værtindens sted. Og for at Mor ikke skulle føle sig underdressed alene, var konen troppet op foran mine forældres haveindgang - sammen med mindst 50 andre morgenfriske venner og familiemedlemmer – iført en morgenkåbe af lilla velour udover sin natkjole.

Op ad formiddagen, da de fleste gæster havde takket af, gik også konen hjem igen, tydeligt beduget.
En time senere dukkede hun dog atter op i vores have og møvede sig ind mellem Farfar og en anden herre, der sad i hængesofaen og nød en kold øl sammen med de få tilbageværende sølvbryllupsmorgengæster. Denne gang var konen iført hellang, åbenstående pels og lyslilla badedragt.
Måske hun havde hørt rygter om vores familiepinsefrokoster, hvor det var kutyme at smide hinanden i swimmingpoolen mellem retterne, og håbede at kunne blive en del af dén tradition også.
Konen var altid midt i det hele og havde måske en lidt underudviklet situationsfornemmelse.

Et år, hvor det var blevet sengetid for mig og min lillesøster, selvom vejfesten var på sit højeste, havde Mor efterladt Far i den gule carport. Min søster var allerede lagt i seng, så Mor og jeg lavede et lækkert, varmt skumbad og satte og i hver ende af karret.
Pludselig blev badeværelsesdøren revet op og ind væltede Konen.
"Nu har jeg pænt afleveret din mand på sofaen inde i stuen. Han kunne ikke drikke mere!"
Så satte hun sig på toiletbrættet over for badekarret og begyndte højtrystet og storgrinende at fortælle, hvem der havde sagt og gjort hvad til festen, efter vi var gået ind. Efter et stykke tid rejste hun sig lige så brat.

”Mon der skulle være mere øl på fadet?”

Da konen havde lukket døren bag sig, kiggede jeg på Mor, der under hele besøget ikke havde mælet et enkelt ord. Hun sad og stirrede apatisk frem for sig med en vaskeklud trykket ind til sit nøgne bryst.

Party crashing

Næste familie kan jeg kun mindes at have set enkelte gange til en vejfest. Og kun forældrene. Aldrig deres to døtre.

De var ellers et syn for guderne, de to piger. Smukke og meget smarte i tøjet.

Den ene havde langt gyldent hår, der flagrede i vinden, når hun kom gående hjem fra skole.

Hendes søster havde tilsvarende langt hår. Men hendes var sort som ibenholt.

I mine tanker kaldte jeg dem altid Snehvid og Rosenrød efter de to søskende i et af Grimms eventyr.

Selv sagt var pigerne uopnåeligt selskab for mig, selvom jeg var det ældste barn på vejen. Altså af dem der stadigvæk legede udenfor om sommeren.

Når min folkeskoleklasse skulle holde fest, foregik det ofte hos mine forældre. For i kælderen havde Far indrettet en kæmpe gildesal med et rundt dansegulv af sammensatte, lakerede træfliser. Der var kulørte elpærer i lampetterne. Det var næsten som at være på diskotek. Og dét kunne ingen af de andres hjem hamle op med.

Engang holdt klassen pyjamasparty nede i kælderen. Alle ankom til festen i nattøj og et par af drengene havde sågar også trukket en nathue ned over deres viltre 80'er frisure.

Det var noget af et gilde. ABBA, Michael Jackson, Sanne Salomonsen, Bryan Adams. Vi dansede og dansede på det skinnende gulv.

Der blev ikke serveret alkohol til vores fester. Så hvis nogen forlod kælderen, var det udelukkende for at trække frisk luft og køle de varme kinder.

Midt i en hæsblæsende dans med klassens storcharmør hørte jeg et voldsomt rabalder ude på kældertrappen. En af drengene kom styrtende ind til os andre.

”Han banker hende!!!”

Skræmte, men tilsvarende nysgerrige, fulgte vi efter ham ud til døren. Ned ad trappen kom Rosenrød væltende. Hendes sorte hår, som hun i mellemtiden havde klippet kortere, var uglet, hendes smukke træk var forvredet, og sminken om hendes øjne var trukket ned ad kinderne.

Ude på vejen kunne vi høre lyden af sten mod sten blandet med en ophidset mandsstemme, der råbte efter hende.

Nu var vi piger for alvor bange. Ikke en gang synet af vores heltemodige drenge i deres flerfarvede pyjamasben og med flagrede nathuer på vej op ad den udendørs trappe kunne bringe smilene frem.

Rosenrød nærmest væltede ind i den varme, orangeoplyste gildesal med Mor i hælene. Hun var kommet ned til os ad den anden kældertrappe oppe fra køkkenet, da hun hørte balladen.

”Ring efter politiet!”

Hendes stemme bævrede, da hun råbte op til Far.

”Og få de drenge ind i kælderen! Og lås døren!”

Vi fik aldrig Rosenrøds version af historien. Men da politiet var færdige med at tale med de af os, der havde set dele af optrinnet ude på vejen, fortalte de, at manden, som vist nok var hendes kæreste, var gået helt amok og havde skubbet hende ind i vores hæk på vej ned mod hendes forældres hus.

Vores fortov var ved at få lagt nye brosten, så dem havde han kastet efter hende, da hun flygtede ned til os i kælderen.

Efter at have sikret sig, at vi dybt rystede piger havde fået pusten i de modige drenges stærke og trygge arme, brød vi festen op, og alle tog hjem i stilhed.

Jeg græd den nat. Ikke fordi jeg syntes, det var synd for Rosenrød. Og ikke fordi jeg var blevet skræmt. Men fordi jeg var bange for, at der aldrig mere ville blive holdt fest i kælderen.

Jeg kunne have sparet mig for den bekymring. For det var en fest, der gik over i historien. Hele skolen – også de større klasser – talte om den.

Og sidenhen mødte gæsterne trofast op, når jeg holdt fest i kælderen.

Isprinsen fra det meget høje nord

Selv efter så mange år får jeg sommerfugle i maven og heftig hjertebanken, da jeg nærmer mig den næste villa, og mine kinder bliver varme. Ikke kun fordi sommersolen skinner mig i ansigtet. Men fordi mit hjerte husker, at der altid var en chance for at se ham*!*

Mange år i træk listede jeg mig altid forbi postkassen og op ad indkørslen, når jeg skulle aflevere indbydelsen, alt imens mine øjne gik på jagt gennem husets vinduer. Jeg ville jo helst aflevere invitationen personligt.

Den første familie, der boede i villaen, husker jeg slet ikke. Men Mor fortalte, at de flyttede midt om natten.
  Familien, der flyttede ind bagefter, havde børn på nogenlunde samme alder som mig og min søster. Glæden over vores held var stor. Og det samme var nysgerrigheden, for de kom fra et andet land langt fra vores, og selvom de var lige så blege som os, så de alligevel anderledes ud med deres kulsorte hår og skrå øjne. Men da vi fandt ud af, at de faktisk også talte dansk i dét land, var der jo ingen bjørn på isen.
  Den eneste, der ikke talte dansk, var børnenes lang-benede far, som kom fra et helt tredje land, men som var flink og rar og grinede højt, men sjældent.
  Nogle gange var det os, der grinede. Især, når han kom hjem fra arbejde, og vi fra køkkenvinduet bag gardinet kunne følge hans bølgende gang bag vores hæk, op ned,

op ned, hver gang han tog et syvmileskridt med sine lange ben.

Familien kom hurtigt med i vores vejfestivitas, også selvom de var en del mere tilbageholdende end visse andre. Faren meldte sig en gang på oprydningsholdet, selvom hans familie var gået hjem i seng. Det må have været hårdt arbejde for ham. For man fortalte dagen efter, at han var blevet kørt hjem i trillebør med hælene slæbende hen ad fortovet.

Nogle somre fik vores legekammerater besøg af deres onkel, som stadig boede i dét land, familien kom fra.

Når jeg skulle på besøg i huset og hjemmevant brasede ind i bryggerset, kunne jeg altid lugte, hvis onklen var der. Ikke fordi *han* lugtede. Men fordi han altid havde en stor papkasse fyldt med tørret, røget eller saltet kød og fisk fra det for os andre ukendte land med sig.

Det var ikke lige mine livretter, men jeg kunne tydeligt se, hvordan lysene strålede i børnenes øjne – også selvom det ikke en gang var jul.

Onklen blev der ofte i ugevis. Og selvom det jo ikke var *ham*, vi legede med, var han altid fuld af smil og godt humør. Og når han kom hjem til sit eget land, havde han historier nok med til at kunne underholde hele landsbyen til mange kaffemikker.

Men det var jo trods alt ikke ham, jeg håbede at få et blik af gennem ruderne.

Jeg husker stadig, hvordan min mave hoppede, og hvordan jeg fik voldsom kvalme af forventning, når konen i huset med et spøgefuldt blik proklamerede, at *"nu kommer fætrene"*!

Så kunne sommeren begynde!

De tre trip-trap-træsko-brødre blev i flere uger. Det var tre søde drenge. Den yngste var egentlig uinteressant i min optik, for han var alt for lille og dermed ikke en, jeg overhovedet lagde mærke til.

Den mellemste var fuld af spilopper. Han mindede mig om Indiana Jones' godmodige, arabiske ven. Men trods hans glade humør, smittende latter og matchende alder, var det heller ikke ham, der fik min opmærksomhed.

Næh, drengen – for han var jo bare en stor dreng dengang – var opkaldt efter en dansk konge. Og selvom han hverken var lys eller royal, havde han de smukkeste øjne, jeg nogensinde havde set. Helt mørke og fulde af charme og smil.

Når fætrene var hernede, tilbragte vi mange timer sammen. På dét tidspunkt havde jeg glemt alt om Puslespilsbrikken.

En gang spurgte vi drengenes moster, om de måtte blive hjemme hos os, hvor de havde tilbragt hele dagen i swimmingpoolen, og se Melodigrandprix. Og selvom vi plagede, det bedste vi havde lært, mente hun, det ville blive for sent. Og jeg græd mine bitre tårer over allerede at skulle skilles fra ham og fik hverken set eller hørt en eneste deltagermelodi.

Vi cyklede ofte rundt på vejen og især ned omkring de små kolonihaver for enden af vores vej. Nogle gange sad jeg bag på hans cykel og holdt fast om livet på ham, mens han oksede af sted.

Én gang kaldte han mig sin sommerkæreste. For han havde faktisk allerede en kæreste derhjemmc. Men disse lange sommerdage var jeg hans.

Og derfor gik der en rum tid, før jeg ikke længere græd mig i søvn, når sommeren gik på hæld, og familien rejste tilbage til, hvor de kom fra.

Det eneste jeg ventede på hele resten af året og næste forår var den dag, hvor konen i huset ville kigge sigende på mig. *"Nu kommer fætrene!"*

Tiden gik, og besøgene fra det kolde nord blev færre og kortere. Men én gang var jeg så heldig at være med min familie på Bornholm samtidig med, at *de* var. Mor, deres mor og konen fik det arrangeret sådan, at vi kunne besøge dem i deres lejede sommerhus på Solskinsøen.

Jeg husker besøget som ultrakort og ikke alt for gæstfrit. Prinsen og jeg talte slet ikke sammen, og vores familier havde intet til fælles. I familiernes skød blev fortryllelsen hævet.

Til gengæld fik vi mulighed for at mødes i Brændegårdshaven, hvor jeg virkelig arbejdede på at komme på tomandshånd med min udkårne.

Det gik skidt. For hans brødre veg ikke fra hans side. Jeg vidste, dette var sidste chance for at overbevise ham om, at han skulle forlade sin ikke-sommerkæreste og blive hernede i Danmark. Så jeg måtte jo handle.

Derfor trængte jeg ham op ad væggen på et træskur og pressede mit bryst mod hans. Så kyssede jeg ham det bedste, jeg havde lært.

Men den skræmte dreng stod stiv som en støtte med armene ned langs siden og blikket rettet mod sine brødre, der stod bag mig og stirrede på scenariet, så deres øjne var ved at falde ud.

"Hvad er det, hun laver?"

Da det virkede som om, genstanden for min glødende kærlighed tænkte nøjagtig det samme som sine brødre, slap jeg ham fri og så efter ham, mens han nærmest snublede over de lamslåede brødre i et forsøg på at komme langt væk.

Hvis fætrene var på besøg på vejen siden den sommer, fik jeg det ikke at vide.

Noget for noget

Jeg halvt forventer og halvt håber at høre en ivrig smågøen fra haven, da jeg går forbi næste indkørsel. Jeg var næsten lige så glad for den lille, skøre hanhund som for vores egen dobermanntæve, der var hans bedste legekammerat.

Men den tid, hvor de mødtes i en af haverne eller på den store eng i mosen og piskede rundt om hinanden til deres lange lyserøde tunger hang vippende ud af munden på dem, er for længst forbi. Eller hvor de side om side på græsplænen i vores have med lukkede øjne og højlydt velbehag gnaskede på hver deres marvben fra slagteren.

Jeg elskede at se de to venner sammen og kunne iagttage dem i timevis.

Jeg er dog ikke helt sikker på, om min søster var lige begejstret for legekammeraten, som jeg var.

Min søster har fødselsdag tidligt på sommeren. Og ved en af disse anledninger havde hun fået en æske fyldte chokolader af en gæst.

På hendes værelse havde hun et lavt, kvadratisk sofabord med rulleben, så hun kunne placere det hvor som helst. Under bordpladen var en lille hylde, lige stor nok til at kunne gemme æsken med det lækre indhold. Og hvis bare bordet var skubbet ind til væggen, kunne man hverken se eller dufte herlighederne.

Nogle gange går det for stærkt. Og når man ikke er så gammel og sidder og spiser det allerførste stykke chokolade i smug, uden at nogen opdager det, kan man blive så forskrækket, når ens mor kalder, at man glemmer alt om at tage sine forholdsregler.

Og det var netop, hvad der skete, den dag schæferhvalpen skulle overnatte hos os for første gang.

Han var nu så sød, som han lå dér sammen med vores dobermannhvalp og bed i kødbenene ude på græsset. Deres små tænder var blottede, og de konkurrerede højlydt i at knurre mest frygtindgydende. Kun få gange lød små hyl, når et øre eller en halespids kom i klemme.

Efter indtagelsen af det overdådige måltid, faldt de udmattede hundebørn i søvn side om side. Det samme gjorde vi andre i solens varme stråler.

Da jeg vågnede, lå kun tæven tilbage på græsset. Jeg skulle tisse og gik ind i huset.

Nogle gange går man forbi et scenarie, som er så surrealistisk, at man først opdager noget er helt galt, når man *er* kommet forbi.

Så først da jeg sad på toilettet, gik det op for mig, hvad det var, jeg havde set, da jeg gik forbi døren til min søsters værelse.

Jeg skyndte mig at gøre mig færdig og gik tilbage til døråbningen. Og dér – midt på gulvet – lå den lille schæfer midt i glitrende papirstykker og gennemgnaskede papæskerester med snuden indsmurt i både lys og mørk chokolade. Han kiggede op på mig uden at stoppe sit foretagende.

Den dag i dag er jeg sikker på, at han smilede, for meget tydeligt så jeg hans små sylespidse tænder indsmurt i brunt spyt.

Vi har haft hund, siden jeg var helt lille. Og Far har været instruktør på mangt et lydighedskursus. Jeg var ofte med, når han underviste. Så man har vel lært et og andet.

Men hvor oprigtigt vred kan ens *"føj, slemme hund"* lyde, når man samtidig er ved at knække sammen af grin?

Hunden på gulvet syntes helt sikkert at mene, jeg var på hans side. For han kiggede på mig, som jeg stod der i døren til værelset, og logrede heftigt med halen.

I det samme dukkede min søster op bag mig og kiggede ind på sit værelse. Hun stak i et hyl, som trods alt skræmte gavtyven nok til at springe op og løbe forbi hende og ud i haven.

Helt så hurtig var jeg ikke til at stoppe mit grineanfald, hvilket resulterede i en skideballe, fordi jeg ikke havde gjort noget for at stoppe hundens festmåltid.

Jeg tænker, at min søster med tiden blev klar over, at hun på grund af bordets placering selv havde en del af skylden for miseren. Så hvorvidt det var hævntørst eller noget andet, der var på spil, ved jeg ikke.

Men jeg er sikker på, at der stadig lå noget og ulmede i min søsters sind den dag, hvor hele familien var på tak-fordi-I-passede-hunden-kaffebesøg hos hundens forældre.

Parret var yngre end mine forældre og havde en helt anden tilgang til indretning af deres stue. Og det første, jeg fik øje på, da vi på strømpesokker gik ind på stuens kokosmåttetæppe, var de store trækasser langs væggen, der indeholdt den største samling LP'er, jeg nogensinde havde set.

Plastikcover ved plastikcover stod de sirligt arrangeret og så utroligt indbydende ud. Og jeg skulle virkelig tøjle min håndgribelige nysgerrighed for ikke at løbe derhen og bladre i pladerne og kigge på de farvestrålende covers én efter én.

Manden, som var politibetjent og sandsynligvis trænet i at spotte selv de mindste detaljer, så min iver og spurgte med slet skjult stolthed, om jeg kunne tænke mig at høre noget musik.

"Hva' har I?"

Hans øjne lyste op som hos et lille barn, der længes efter at vise sin fineste tegning frem til enhver, der viser den mindste interesse.

"Lige et øjeblik."

Han rejste sig fra bambuspuden foran sofabordet, hvor vi sad, gik hen til kasserne og hev noget, jeg ikke kunne se for hans bredde ryg, frem fra nederste hylde.

Allerede på vej tilbage til bordet åbnede han ringbindet, som havde stået på hylden. Og nu så jeg, at det indeholdt side op og side ned af tætskrevne, alfabetiske lister over først navne på kunstnere, så navne på albums og til sidst navne på pladesamlingens samtlige numre.

Igen dette lysende blik, da han begyndte at læse kunstnernavnene op.

Ud af øjenkrogen så jeg det hastige, lidt undskyldende blik hans kone sendte Mor, inden hun rejste sig og gik ud i sit køkken. Jeg mistede koncentrationen om opremsningen og kom i tanke om det første navn, han havde nævnt.

"ABBA, dem kender jeg godt", smilede jeg og lod ham bestemme hvilket nummer, vi skulle høre.

Snart fyldtes stuen af de velkendte toner, og konen kom ind med kaffe og kage.

Jeg tænkte på, om de nogensinde nåede længere på listen end til navnene med A, hvis han skulle remse op, hver gang de skulle høre musik.

Mens de voksne småsludrede, fik jeg lov til at kigge i ringbindet. Men først efter at have nikket ihærdigt, da manden med forhørsmine spurgte, om jeg havde vasket fingre.

Det var tydeligt, at selskabet kedede min søster, som sad på gulvet. Jeg kiggede ned til hende fra min plads i den lyse sofa.

Pludselig forsvandt interessen for ringbindet og dets mange både kendte og ukendte navne som dug for solen.

For ovre i et hjørne af stuen tæt på terrasseudgangen stod en stor vinballon af glas.

Normalt ville jeg ikke ane, hvad det var. Men for mit indre blik kunne jeg tydeligt se, hvordan Far, da jeg var mindre og lige akkurat kunne hælde måleskeen med rosiner og citronsyre ned i glasflasken som en del af opskriften på "Vagabondens kanonslag", havde brygget mere end én slags spiritus derhjemme i kælder- bryggersets mørke – side om side med hans nyfrem- kaldte fotos i sort/hvid, der hang til tørre på en rød nylonsnor under loftet.

Denne flaske var dog ikke fyldt med suspekte væsker. Men derimod med klingende mønt. Og hvis der er noget, jeg elsker, er det følelsen af klingende mønt i mine hænder. Jeg har ikke tal på, hvor mange gange, jeg har talt de få penge, jeg havde i min egen sparebøsse i form af en julemandsstøvle.

Hvordan jeg overhovedet turde spørge, har jeg ingen anelse om. Men kort efter stod lovens håndhæver og rystede alle mønterne ud på gulvet foran mig og min søster. Og nu var det med garanti mine øjne, der strålede om kap med solen udenfor.

Det var ikke så meget det endelige beløb som arbejdet med at lægge mønterne i de rigtige bunker ordnet efter størrelse og værdi, der tryllebandt mig. Og jeg dobbelttjekkede altid. Således gik resten af eftermiddagen.

"Far, må jeg ikke få en af de gamle, støvede flasker, du har stående nede i kælderen? Du ved, dem der du brugte til at lave vin i?"

Det sagde han ja til, og hjemme på værelset gik jeg straks i gang med at flytte min egen beholdning af sølvmønter over i den alt for store beholder. Ikke en gang halvdelen af bunden blev dækket. Det gjorde mig lidt slukøret.

Jeg kom i tanke om, at jeg havde en tyvekroneseddel, den med spurven, i min portemonnæ. Dén kunne jeg få vekslet hos Far!

Jeg rev døren op og styrtede i min iver ind i stuen til ham, men standsede brat, da jeg ude fra køkkenet hørte Mor udstøde en vred lyd. Meget vred.

Jeg ændrede retning og gik ud i køkkenet, hvor hun stod bøjet over min lillesøster, der hagebævrende holdt sin lille, knyttede hånd frem mod Mor.

"Åbn den!"

Min søster klemte læberne sammen og rystede næsten umærkeligt på hovedet.

Så tog Mor fat i hendes hånd og lirkede i de små fingre, der strakte sig ud uden større modstand.

Selv henne fra døren kunne jeg se den sølvskinnende genstand, der dukkede frem på den lille håndflade. Mor skældte og smældte. Nok mest fordi hun var flov over, hvad min søster havde gjort. Men alligevel ikke mere flov, end at hun hentede et par små sko og beordrede min søster om at tage dem på.

"Og så går du ned og siger undskyld og afleverer den!"

Jeg så på den lilles ansigt og på tårerne, der trillede ned ad hendes kinder. Og jeg forstod hendes frustration over, at hunden kunne stjæle fra hende, uden at det fik konsekvenser. Men hun fik skæld ud og skulle endda aflevere tilbage.

Hvor lang tid, der gik, før politiparrets flaske var helt fuld, aner jeg ikke. For vi satte aldrig fod i parrets stue igen.

Indholdet i min flaske steg stødt og roligt, og jeg talte pengene hver weekend. For glæden ved at lægge mønterne i sirlige bunker og bagefter lade dem glide langs flaskens side og ned på bunden var ubeskrivelig.

Danmarks Stærkeste Mand

Jeg husker som sagt ikke, at Hippien boede sammen med Danmarks Stærkeste Mand. Men jeg husker tydeligt hans næste kæreste, som han aldrig er blevet gift med, men stadig bor sammen med på vejen. Hun var enlig mor til en søn, der var et par år ældre end mig, og lidt af en rod.

Den Stærke Mand havde en datter, som legede med os, når hun ikke var hos sin mor. Vi syntes i øvrigt, at det var noget underligt noget det der med, at så var hun der ikke, og så var hun der pludselig igen og mente, at nu skulle hun være med i vores leg. Som om hun var en del af flokken. Hvordan kunne hun dog være det, når hun ikke rigtigt boede her? Men hvad vidste vi kernefamiliebørn om at være skilsmissebarn?

Engang – og det var mange år, før jeg begyndte at hænge ud med drengene fra nabovejen – rendte vi alle og legede for enden af vores vej.
Der var en asfalteret sti mellem vores to parallelt gående veje i dén ende, hvor kolonihaverne var. Midt på stien var opsat en cykelspærrer, der meget symbolsk symboliserede grænsen mellem vores og deres verden.
En dag rendte en flok af vores om på stien – på den forkerte side af grænsen - hvor der egentlig aldrig var nogen mennesker.

Men netop dén dag rendte nabovejens unger, som vi ellers aldrig så, *også* rundt på stien – store som små. Og faktisk var tyggegummikongens søn blandt dem.

Det, syntes vi, var meget forræderisk, for han hørte jo strengt taget til på *vores* side.

"Skrid over til jer selv!", var der én, der råbte.

Nu var de jo i snit lidt ældre end os, så vi trak os som befalet tilbage. Men ikke uden modstand. For vi var faktisk så sure, at vi begyndte at skælde ud hen over cykelspærreren. Der kom flere til fra fjendelandet, for vi kunne virkelig råbe højt.

Men det var først, da en af deres drenge sendte en snotklat over på vores side, at kampen for alvor gik i gang.

Om de havde et kampberedt arsenal klar bag en busk, vides ikke. Men pludselig røg den ene vandbombe efter den anden over på os. Heldigvis hang der et stort æbletræ ud over stien på *vores* side. Så pludselig var luften tyk af bomber, rådne æbler og – fra deres side – tomater, der fik et klem, inden de blev sendt over fjendens linje. Værre blev det, da en af vores mindste med ét stak i et hyl. Vi glemte at slås og gloede på hende. Så slemt var det vel heller ikke?

Næh det var det vel ikke, bortset fra den stribe blod der rendte ned over hendes pande.

"De skyder med sten!!"

Vores stemmer lød som én. Jeg var faktisk lidt bange. For nu var de flere end os. Og én kørte rundt på knallert.

”Vil I ha’ mere at kaste med?”

Vi vendte os hele vejen rundt og fik øje på Den Stærke Mand. Han stod helt henne ved sin egen hæk, hvorfra han havde frit udsyn til stien.

”Kom her ind og se alle de frugter, jeg har på træerne. Dem må I kaste med.”

Vi kendte ham jo godt. Ham og Den Enlige Mor var med til alle vejfesterne. Så fordi vi virkelig var i bekneb for skyts, sprang vi alle sammen ind til ham. Han pegede på nogle høje grantræer for enden af haven, og vi spænede ivrigt derind.

Det syn, der mødte os, var på en måde velkendt og på en måde helt forkert.

De mest skinnende grønne og røde æbler, de mest friske ferskener og de mest gule og mest modne bananer hang rundt omkring på de i forvejen nåletunge grangrene.

De små måbede og slikkede sig om munden. Vi andre, der trods alt havde en noget større 4.- 5. klasses visdom, rynkede tvivlende vores bryn, men kunne alligevel ikke helt sige os fri for at synes, det virkelig var et forunderligt træ.

Jeg selv skulle ikke have noget af at påpege, at frugter da vist ikke vokser på nåletræer. Dét faktum havde jeg ikke lige slået op i en skolebog for nylig.

Jeg mærkede min mave knurre.

”Er I sultne? I ka’ bare ta’! Der vokser jo nye frugter ud igen.”

Kort efter sad vi alle rundt om i græsset og smæskede os i de lækre frugter. Selv sad havens ejer på terrassen og betragtede os med et tilfreds smil om munden.

”Hov, vi ska’ jo vinde kampen!” lød det pludselig fra den sårede kriger.

Vi kiggede halvhjertet på hende og fik mumlet nogle uhørlige svar ned i vores lækkerier.

Inden jeg gik hjem, dristede jeg mig til at kaste et blik rundt om hækken til stien. Men da der ikke længere lød skrig og skrål var jeg nok klar over, at kampen var endt uafgjort. Og som gruppens ældste noterede jeg mig, at det ikke var helt dårligt...

Den Enlige Mors søn var en endnu sjældnere gæst på vejen end sin papsøster. Men han havde alligevel været sammen med os længe nok til, at jeg kunne nå at danne mig et indtryk af ham. Og jeg syntes, at han var meget spændende. Så spændende faktisk, at jeg tegnede store røde hjerter på mit kladdehæfte og skrev hans navn med sort sprittusch i midten.

”Moar, ka’ vi ikke invitere ham på besøg en dag?”

Mor havde mange gange tidligere stiftet bekendtskab med min stædighed, der kunne nå uanede højde, når der virkelig var noget, jeg ville have. Så jeg tror, at hun valgte sine kampe med omhu, da hun sagde ja.

Jeg glædede mig helt vildt og havde taget en ren, nystrøget kjole på i dagens anledning.

Da det ringede på døren, piskede jeg ud og lukkede op. Og dér stod han. Med begge hænder fulde af påskeliljer foran brystet på sin ternede skovmandsskjorte. Det var vel ikke så underligt, at jeg blev meget begejstret.

Vi havde en hyggelig eftermiddag, trods Mors anstrengte smil.

Jeg var så glad og euforisk, da jeg efter besøget lukkede døren efter ham, at jeg slet ikke opdagede alle de små løg, der lå på vejen foran vores hus og al den jord, der lå hulter til bulter ovre ved genboens store, gule mur.

Mange år senere fortalte Mor, at Den Enlige Mor havde betroet hende, at sønnen var død af en overdosis heroin i en snusket lejlighed på Vesterbro.

Den ene tjeneste...

Nogle mennesker er søde og rare – uden at gøre meget væsen af sig. Og selvom Tilflytterne altid deltog i vejfesterne, var det bestemt ikke dem, man lagde mest mærke til. Og når jeg kalder dem Tilflytterne, er det ikke fordi, de ikke havde boet på vejen særlig længe. Men mest fordi de kom efter os.

Således stod der på deres grund endnu et af KB's sommerhuse, da vi flyttede ind.

Far havde besluttet sig for at modernisere den svømmepøl, som Farfar i sin tid havde opstillet i haven bag det sorte sommerhus, således at den nye pool kom *ned* i jorden. Den gamle pøl stod nemlig *oven på* jorden, så man skulle kravle op ad en stige for at kunne kravle ned i vandet.

Da mine farforældre havde sommerhuset, var Farmor i pølen hver dag i sommerhalvåret. Så tog hun sit faste antal svømmetag i den runde pøl, og så var dét dagens motion. Farfar og jeg, når jeg var på besøg hos dem, sprang i, når varmen krævede det. Morgen, middag, aften.

Som barn havde vi senere en meget fast søndagstradition i vores familie. Vi spiste nybagt, lunt franskbrød med pålæg (æggekage, fiskefilet, dyrlægens natmad, og hvad Mor nu lige kunne "bikse sammen", mens brødet var i ovnen), drak Earl Grey og så lysbilleder.

Jeg elskede at høre lyden af det store, hvide lærred, der blev trukket ud af hylsteret og den monotone, blæsende lyd, hver gang apparatet skiftede dias.

Oppe på lærredet udspilledes en vidunderlig verden af oplevelser, mine forældre – og i særdeleshed Far - havde haft i tiden, før jeg blev født, og mens jeg var lille.

Der var appelsin- og avokadoplukkeri i Israel, der var finurlige kirketagskonstruktioner af træ i Norge, der var karnevaller i Københavnerlejligheden med udklædte voksne, der grinede, så deres ansigter flækkede, der var en lille pige, som på en strandcampingplads hjalp sin far med at skifte hjul på en lyseblå Morris Minor, og der var sort/hvid dias af familiekomsammener.

Men der var også uhyggelige billeder. Brølende løver og krokodiller med kæmpe åbne gab, der var klar til at hugge den, der kom for tæt på. Og pludselig var der et billede af Farfar, der rensede svømmepølen!

I en periode var jeg nærmest skrækslagen for at nærme mig bassinkanten af frygt for, at krokodillerne, som med garanti kun Farfar kunne holde på afstand med sin gulvskrubbe, skulle angribe mig.

Så da Far tømte svømmepølen for at opføre den nye pool, kunne jeg jo godt se, at de store rovdyr ikke længere boede der. De måtte jo være døde af sult, de stakkels dyr.

Der var ikke de store krav om sikkerhed dengang.

Så tanken om at opsætte et hegn om poolen for at forhindre, at min søster og jeg skulle falde i vandet, kom slet ikke på tale.

Til gengæld havde Mor en drøm om, at der skulle være fliser hele vejen rundt om det nye, nedgravede bassin med tilhørende pumpesystem og rengøringsfilter.

Men med et nybygget hus og to små børn var pengene små. Så lykkelig var hun, da hun på en eftermiddagsgåtur ned ad vejen kiggede ind på Tilflytternes grund, hvor nogle svedende arbejdere havde travlt med at rydde op i haven for endnu et nedrevet sommerhus, og så, at den gamle havesti nu var forvandlet til en anseelig bunke sekskantede fliser af præcis den slags, hun havde forestillet sig skulle pryde hende have.

Hun gik forbi grunden et par gange, mens hun strakte hals for at tælle fliserne. Da hun fjerde gang fik talt færdigt, kom en af de ansatte arbejdere hen til hækken og spurgte, om han kunne hjælpe hende med noget.

"Hvad skal du ha' for de der fliser?", spurgte hun overraskende kækt.

Min sædvanligvis hæderlige mor var åbenbart brat blevet revet ud af sin drøm om at være fruen med fliserne, for hendes spørgsmål kom tydeligvis bag på hende selv.

"Stik mig en hund, men så ska' du osse selv fjerne dem inden i morgen tidlig!"

Mor skyndte sig hjem og fortalte min synligt overraskede far om sit scoop.

I den efterfølgende nats mulm og mørke kunne nogle af beboerne på vejen, hvis de ellers havde kigget ud bag gardinerne, se en krumbøjet kvinde dukke frem med en tom trillebør fra sin havelåge.

De fleste ville have kunnet se hende løbe ned ad vejen, mens få beboere ville have kunnet se, hvordan selvsamme kvinde kiggede sig paranoidt over skulderen, inden hun forsvandt ind bag hækken til den tomme grund.

Hvis de første naboer havde tålmodigheden til det eller bare var tilstrækkeligt nysgerrige, var de efter et stykke tid blevet belønnet af nu også lyden af en svedende og højlydt prustende kvinde, der i langt mere adstadigt tempo baksede med at få den nu fyldte trillebør ind gennem den snævre havelåge for kort efter at tage turen én gang til.

Der gik en rum tid, inden Mor gik den sædvanlige eftermiddagstur ned ad vejen igen.

Men da hun endelig følte sig sikker på, at politiet og ikke mindst de nye ejere havde opgivet ethvert håb om at finde flisetyven, gik hun en dag helt tilfældigt og meget nonchalant forbi åstedet og nikkede stoisk til vejens nye tilflyttere, der i spænding overværede tilblivelsen af deres nye hjem.

Jeg tror dog først, hun slap den altfortærende, dårlige samvittighed, da hun foråret efter hilste på den nye husejer, der lå på knæ i havegangen og knoklede med at få de små sirligt udstansede grå og lilla sten til at ligge i det anviste mønster, og glædede sig over, at de gamle fliser sandsynligvis alligevel ikke var faldet i Tilflytternes smag.

Det fornemme gespenst

Vores nabos nabo var en ældre og tilsyneladende meget fin dame, der på trods af sin utroligt dårlige mundhygiejne ikke holdt sig tilbage for at smile bredt og gult.

Hvem hun egentlig var, og hvad hun havde lavet, før hun blev pensionist, er der vist ikke rigtigt nogen, der ved.

Men faktum er, at hun plejede omgang med både baroner og generaler.

Hendes søster boede i USA. Og mere end én gang i løbet af min barndom rejste den gamle dame over Atlanten.

Én af gangene havde hun bedt mine forældre om at passe hendes hus, mens hun var væk. Jeg tror ikke, Mor var synderligt begejstret for det.

”Vi kender hende jo ikke rigtigt.”

En dag i pasningensperioden var jeg med ovre i huset, da Mor skulle se til blomsterne.

Mens hun gik rundt og nippede tørre blade, gik jeg på opdagelse i stuerne.

Der var fyldt op med ting, som gamle koner med lange, levede liv har samlet gennem tiden; billeder i sølvrammer, bøger med gulnede sider, åbnede breve under en lille fin glaskugle, kniplingduge på mahogniborde og stole med broderede sæde.

Men dét, der allerførst tiltrak min opmærksomhed, var den store krystalskål på fod, der stod på skrivebordet.

Eller det var jo ikke ligefrem skålen i sig selv, men mere de uendeligt mange hvide, lyseblå og lyserøde pastiller, der skreg til himmelen om at blive spist.

Mor havde udtrykkeligt sagt, at jeg *ikke* måtte røre ved noget!

Det gjorde jeg for så vidt heller ikke. Men da jeg efter nogen tids savlen over krystalskålen havde regnet ud, at hvis jeg spidsede læberne, satte dem helt tæt på en af de fristende godbidder og sugede luften lynhurtigt ind gennem læberne, så ville den hvide fristelse, der lå allerøverst, med lidt held flyve direkte ind i min mund.

Så havde jeg jo faktisk ikke rørt noget...

Jeg suttede forsigtigt på pastillen. Nød smagen af chokolade og pebermynte i min mund, da den hårde, tynde skal bristede, og chokoladen smeltede.

Måske var det min usædvanlige stilhed, der afslørede mig. I hvert fald opdagede Mor, at jeg havde noget i munden. Jeg kunne ikke så godt spytte det, hun med fremstrakt hånd bad om, ud, for øjeblikket forinden havde jeg knust resten mellem tænderne. Og det virkede omsonst at lade mit brune savl glide ned i hendes håndflade. Så jeg sank.

"Har du nogen idé om, hvor gamle de der pastiller ka' være?! Måske har hun slikket på dem alle sammen og lagt dem tilbage i skålen. Har du tænkt på dét?"

Det havde jeg jo ikke. Men jeg kunne levende forestille mig, hvordan pastillen havde klikket rundt mellem de paradentosebefængte tænder, inden hun tog den ud igen, tørrede den af i sit blondebesatte lommetørklæde og lige så forsigtigt lagde den tilbage i skålen.

Jeg rørte aldrig pebermyntepastiller sidenhen.

En mørk aften ringede det på vores hoveddør.

Mor, der var alene hjemme med os piger, åbnede forsig-tigt døren og sprang tilbage, da to store orange spande blev stukket op i ansigtet på hende.

"Slik eller ballade!?"

Den gamle kones stemme rystede af barnlig begejstring, da Mors reaktion opfyldte den gamles vildeste forventning.

Konen blev budt indenfor, hvor hun på mere behørig vis med en storladen bevægelse overrakte først mig og så min søster hver en orange Halloweenspand fyldt med amerikansk slik og kun dækket af et tyndt, gennemsigtigt plastiklåg, så vi rigtigt kunne inspicere godterne.

Vi var henrykte. Tænk, at få en hel spand fremmed slik, som vi ikke skulle dele med nogen, og som overgik alt, hvad vi tidligere havde fået – både i farver og i duft. (ja, vi lettede på låget i smug og grinede til hinanden)

Efter at have udvekslet høfligheder og informationer om de passede planter, lukkede Mor atter døren bag den hjemvendte eventyrer.

"Må vi godt smage, inden vi ska' børste tænder? Bare et lille bitte stykke?"

Mor gik hen til os og tog først min søsters spand og så min ud af hænderne på os.

"Er I godt klar over, at de ovre i Amerika stikker kanyler med gift ind i slikket og gi'r det til børnene bag-efter?"

Derpå drejede hun om på hælene og gik ud i køkkenet, hvorfra vi hørte lyden af skabslågen under vasken åbne – og lukke.

Vi kiggede på hinanden og uden et ord, men med tårerne trillende ned ad kinderne gik vi ud og børstede tænder. Dagen efter stod de tomme spande på køkkenbordet.
  ”Dem ka’ I nok finde på noget at bruge til.”

Da jeg var en stor teenager, fyldte den gamle dame rundt. Hun spurgte Mor, om der var mulighed for, at hun og jeg kunne tænke os at tjene lidt penge ved at servere ved festen.
  Da vi på dagen ankom til huset iført lange, sorte bukser og hvide skjorter, som det var blevet os pålagt, hilste vi i køkkenet på den til dagen ansatte kok, der skulle stå for tilberedelse af herlighederne.
  Foruden at få betaling for vores ulejlighed, blev vi opfordret til at forsyne os af resterne, når gæsterne var færdige, og fadene båret ud.

Det var Mors opgave at servere for de fine gæster, der i dagens anledning talte både baronen og generalen. Da hun på et tidspunkt åbnede fløjdørene til spisestuen, opsnappede jeg en dialog mellem de to herrer.
  ”Gad vide, hvor Fruen havde fundet *de* tjenestefolk?!”
  ”Aner det ikke. Men det er da godt, at hun har gemt resten af sølvtøjet oppe på loftet!”

Snakken gik i stuerne, og de forskellige vine flød rigeligt. Med jævne mellemrum hentede Mor snavset service og halvfyldte glas, der ikke kunne tømmes, da de ikke længere havde den rette temperatur, eller da næste ret blev serveret.

Ude i køkkenet hos mig hobede opvasken sig op, eftersom hverken glas, porcelæn eller bestik tålte andet end håndvask.

Jeg vaskede og tørrede. Og kokken rørte, smagte til og tilsatte.

Da jeg vendte mig bort fra køkkenbordet for at sætte et fad væk, så jeg ud af øjenkrogen nogle hastige bevægelser, der ikke passede til den stilfærdige kunst at færdiggøre desserten. Jeg blev stående med ryggen til kokken, mens jeg foregav at have travlt med oprydning. Derfor så jeg, hvordan den trinde mand skyllede den ene vinsjat ned efter den anden i så hurtige snuptag, at selv jeg blev helt svimmel.

Da jeg atter vendte mig for at fortsætte vaskeriet, stod han igen og rørte i den velduftende vanillecreme.

Dagens sidste opgave for Mor og mig var at lave kaffe og dække bakkerne med kopper, tallerkener og chokolade. Mor kiggede hastigt på mig, som for at minde mig om, at man aldrig kunne vide, hvor de tilsyneladende lækre delikatesser havde været før. Det havde hun nu ikke behøvet.

Da tiden var inde til at bryde op, var også kokkens arbejde udført. Derfor kom fødselaren ud i køkkenet med to hvide konvolutter. Vi takkede pænt og gav hånden til farvel. Men så forstod vi, at den fallerede mesterkok lagde an til en mindre afskedstale. Han rømmede sig et par gang og åbnede munden for at begynde sin talestrøm. Men med ét blev han ligbleg. Hastigt lukkede han munden. Og dét var lige på et hængende hår. For mens vi tre andre stod dér med øjnene fæstnet til hans ansigt, var det tydeligt for enhver, at indholdet i hans store mave løb retur op i hans mund.

Heldigvis var hans læber så stramt lukkede, at alt forblev indenbords. Til gengæld var han nu i så stort et dilemma, eftersom han af høflighed var nødsaget til ikke at holde på fødselaren længere end højst nødvendigt, at gode råd var dyre. Så hans eneste udvej, gik det op for både ham, Mor og jeg på samme tid, var at returnere mundens indhold af mad og vin til mavesækken.

Han sank et par gange, takkede for den udsøgte fornøjelse det havde været at kokkerere for dette fine selskab, kyssede Fruen på hånden og forsvandt ud af køkkenet.

Da vi kort efter begav os hjemad, mæglede vi ikke et eneste ord til hinanden. Om det var på grund af chokket eller om det var for at holde vores egen galde nede, ved jeg ikke. Men ved middagsbordet var Far og min søster de eneste, der forsynede sig.

Da jeg var flyttet hjemmefra, og inden de famøse vejfester ebbede ud, deltog jeg for "gammelt venskabs skyld" i den årlige hygge i den gule carport.

Jeg havde fået placeret mig ved siden af de to nye beboere af den gamle kones hus. Hun var død for nylig og havde overladt det til hendes søn at afhænde hendes værdier.

Parret – to nydelige mænd i starten af fyrrerne – blev, som aftenen skred frem og dråberne flød, meget snakkesalige. Det var tydeligt, de havde noget på hjerte, som de gerne ville dele med mig.

Da jeg tilkendegjorde, at jeg var lutter ører, lagde den ene ud.

”Har det altid spøgt i huset?”

Da jeg ikke helt forstod, hvad han mente, sænkede han stemmen og rykkede lidt tættere på mig.

”Var hun mærkelig, hende den gamle dame, som tidligere boede i vores hus? Du kendte hende, ikke sandt?”

Kendte og kendte. Jeg fortalte kort, at hun da havde været gæst i vores hjem ved nogle lejligheder, og at vi havde passet hendes hus.

Jeg undlod at fortælle om pebermyntepastillen og kokken af frygt for at spolere både deres og min egen dessertappetit.

”Hun spøger.”

Jeg kiggede indgående på deres ansigter for at spore et drilsk glimt i øjet eller en krusen i mundvigen. Men begge mænd så dødalvorlige, ja nærmest bange ud.

Nu var jeg jo allerede dengang ikke til at løbe om hjørner med. Så i stedet for at vise, hvor grebet jeg allerede var af historien, bad jeg dem i en nærmest ligegyldig tone om at uddybe deres hypotese.

”Da vi første gang så huset, efter damens død, havde hendes søn endnu ikke nået at tømme det for personlige ejendele. Derfor gik vi rundt blandt alle hendes ting, mens vi prøvede at forestille os, hvor vi kunne sætte vores egne. Mens mægleren gik ud i køkkenet for at hente et papir, han havde glemt på bordet, blev vi stående og beundrede det smukke skrivebord, hun havde stående. Vi overvejede faktisk, om vi kunne tillade os at være så frække at spørge, om vi måtte købe det. Men pludselig – som ud af det blå – styrtede en smuk krystalskål ned på gulvet foran os. Og ud væltede en masse gamle pastiller!”

Jeg stivnede. Men de var for opslugte af deres egen historie til at bide mærke i det.

”Vi kiggede på hinanden og blev vist hurtigt enige om, at det sikkert bare var vinden eller det gamle møbel, der satte sig. Men vi købte altså ikke skrivebordet.”

Nu var jeg fanget i deres fortælling, og lidt for ivrigt, kunne jeg godt selv høre, spurgte jeg, om de havde oplevet andet? De nikkede synkront.

”Der var en enkelt ting, sønnen ikke tog med sig, da han tømte huset. Det indbyggede karlekammerskab i den lille mellemstue, som han havde fortalt ejendomsmægleren indeholdt en seng. Det var et pudsigt møbel, som vi ikke ville skille os af med.”

Jeg huskede tydeligt det skab, han talte om. Dengang vi havde passet huset, havde jeg vandet en lille potteplante, der stod ved siden af en halvt løst krydsogtværs på bordet i mellemstuen. Blyanten med det røde viskelæder i spidsen lå stadig på bladet. Som om den gamle dame lige akkurat havde rejst sig fra stolen og blot var gået et andet sted hen for en kort bemærkning.

Der var ingen andre møbler i den lille stue. Lige bortset fra et meget højt, smalt skab indbygget i den ene væg. Skabslågen var flaskegrøn med påmalet almuemønster.

Jeg husker, at jeg tænkte, at sådan et skab ville have passet godt i Farmor og Farfars gamle sommerhus.

Jeg kiggede på lågen og ville gerne have åbnet skabet. Men dels måtte jeg jo ikke røre noget. Og dels kunne jeg se, at skabslåsens klink var skudt ind i panelet, og der var ingen nøgle i hullet.

Det gav et sæt i mig, da den anden mands pibende stemme fortsatte fortællingen.

"Da vi flyttede ind, overvejede vi, om vi skulle omdanne mellemstuen til gæsteværelse og slå sengen permanent ud og pynte den lidt hyggeligt. Men nøglen var væk, og låsen kunne ikke dirkes op uden at ødelægge skabslågen. Og det ville være synd, for den er meget smuk. Så vi lod skab være skab."

Livsledsageren tog ordet tilbage.

"Forleden dag, mens vi sad i stuen og så tv, hørte vi en mærkelig knirkende lyd, som vi ikke kunne genkende. Det blæste udenfor, så vi kiggede bare på hinanden og lod det være. Men kort efter lød der et rabalder ude fra mellemstuen. Vi for op og løb derud. Jeg glemmer *aldrig* det syn, der mødte os! På gulvet stod sengen, der var væltet ud af det tilsyneladende aflåste skab! På sengen lå det fineste sengetøj med hvide blonder. Og på hovedpuden, der så ud, som om den var nyrystet, lå den yndigste, lille dukke med porcelænsansigt, mørke slangekrøller og en lys kyse med blå blomster. Dens øjne var lukkede. Vi kiggede undrende på hinanden og tilbage på dukken, der i samme øjeblik slog øjnene op!"

"Jeg sværger, at den åbnede øjnene, mens vi stod og kiggede på den!" lød det pibende.

De to mænds før lidt svømmende blikke var nu vilde og opspilede. Den ene greb den andens arm og gav den et lille klem. Selv mærkede jeg, hvordan min puls slog lidt hurtigere end normalt. Mine håndflader var klamme. Og pludselig var jeg svært glad for, at vi sad med ryggen mod den trygge, gule mur.

"Jeg er sikker på, at det var den gamle dames måde at sige: ud af mit hus, I bøsserøve!"

Jeg skulle lige til at fortælle dem, at Fruen *aldrig* ville have brugt dét ord, da Mor og nogle af de andre damer kom med tærte og flødeskum og proklamerede, at nu blev desserten serveret!

Selvom den gamle dame havde været i en klasse for sig, morede jeg mig indvendigt over, at hun på sin egen, humoristiske facon havde fået det sidste ord – også i døden.

En søster og ømme bryster i moseslam

Sidste hus på vejen slutter min rundtur. Jeg tænker på, at der var en grund til, at jeg gik til venstre, da jeg forlod mine forældres havelåge. For så var jeg nemlig sikker på, at jeg ville nå hele vejen rund – og ikke bare blive hængende hos naboen til højre.

"Hej. Mor står og bager og mangler liiige lidt sukker."
 Jeg rakte plastikbægeret frem mod Nabokonen, der havde åbnet døren for mig. Hun smilede og gik ind i køkkenet. Det var altid en invitation til, at jeg bare skulle følge med.
 Det var en uskreven regel, at hvis man skulle i kontakt med nogen efter aftensmaden, så bankede man på. For så var det Familietid, hvor man ikke bare brasede ind. I løbet af dagen var det intet problem at åbne døren selv og råbe hallo!
 Mens Nabokonen, der var omkring ti år yngre end Mor, ledte efter sukker i sit spisekammer, sprang jeg op på køkkenbordet ved siden af håndvasken, hvor jeg så tit havde siddet.
 Hun vendte sig om mod mig med en hel pakke sukker i hånden.
 "Hvordan går du ellers og har det, Maja?"
 Jeg smilede stort. Endnu en invitation. Og endnu en uskreven regel der hed "hvis nogen spørger, hvordan det går, har de tid til at høre svaret".
 Det bankede på døren i Nabokonens bryggers. Hun og jeg kiggede på hinanden. Så kiggede hun på sit arm-

båndsur.

”Nå. Så blev din mor vist træt af at vente.”

Og ganske rigtigt. Udenfor stod Mor i skumringen og lignede en koksgrå sky, fordi jeg havde været for længe om at komme med den sidste ingrediens til bagværket.

”Ja, så kan du ikke nå at få varme boller, før du skal i seng”, skændte hun på mig på vej ind til os selv.

Det skete ofte, at jeg tilbragte min tid hos naboen. Fra vores gavlvindue kunne jeg se, når konen var i bryggerset. Og jeg vidste, at når hun strøg, havde hun tid til at snakke med mig. Og hun sagde aldrig nej, når jeg bankede på.

En gang imellem var humøret ekstra højt.

”Jeg har besøg af min tvillingesøster i dag, vil du møde hende?” Hun så hemmelighedsfuld ud.

En tvillingesøster? Hende havde jeg godt nok aldrig hørt om?

Jeg nikkede, og Nabokonen forsvandt ud i gangen ned til husets værelser.

Søsteren kom til syne kort efter. Hun var alene.

”Ja, min søster skulle lige på wc.”

Hold nu op, hvor hun lignede Nabokonen helt vildt. Hvis det ikke havde været for de skelende øjne, de fremstående tænder og den tydelige læspen, kunne jeg nemt have taget fejl af de to.

Vi snakkede lidt om løst og fast og havde det faktisk så hyggeligt, at jeg havde glemt alt om Nabokonen på toilettet.

”Nu er jeg træt efter min lange rejse, jeg bor jo i Nord-jylland. Så nu må jeg ind og hvile mig.”

Øv, tænkte jeg, da hun forsvandt. Heldigvis dukkede Nabokonen op kort efter.

”Nå, hvad syntes du så om min søster?” spurgte hun grinende.

Jeg fortalte hende, at jeg syntes, hun var vældig sød. Og samtidig undrede det mig, hvorfor Nabokonen så ud som om, hun var ved at flække af grin.

Mor og Nabokonen, som var meget populær på vejen, var ikke ligefrem veninder. Men de kunne godt bruge lang tid over hækken eller ved andre lejligheder, hvor tiden bød sig.

Men engang fandt de på, at de gerne ville gå til bue-skydning sammen.

Hvordan Nabokonen havde fået lokket Mor med på dén, har jeg ingen anelse om. Men jeg kan overhovedet ikke forestille mig, at det var Mors idé - mest fordi jeg aldrig har set hende dyrke anden sport, end dengang jeg gik i 2. klasse, og hun og jeg gik en ti-kilometer march, som kommunen havde arrangeret.

Så jeg var meget spændt på, hvordan bueskydningen ville spænde af.

Men udover de blå mærker begge kvinder havde fået på hele venstre underarm, hvor buestrengen havde rullet, mens den blev spændt, var der ingen synlige tegn på, at de havde overanstrengt sig.

Tværtimod tror jeg, de havde det sjovt sammen, når de var ude på skydebanen.

Mor gik i hvert fald op i det med liv og sjæl og fortalte mig hver gang, hun kom hjem fra bueskydning, hvor vigtigt det var at huske at spænde armen og kysse buen, inden man var klar til at sende pilen af sted mod målet.

En aften var hun dog påfaldende tavs, da hun kom hjem. Og ugen efter gik hun for første gang, siden de var startet, ikke ind hos Nabokonen onsdag aften kl. 18.30. Hun virkede irriteret, da jeg spurgte hvorfor.

"Bare fordi hendes brystvorte stritter så meget, at den kommer i klemme i buestrengen, behøver hun vel ikke stoppe til træning!?"

Næh, det skulle man jo ikke mene...

En gang, hvor Far var med i vejfestudvalget, foregik festen ovre i Mosen. Mosen var et kunstigt anlagt vandhul, hvis omkringliggende bakker, der var fantastiske at kælke på om vinteren, når man kunne styre uden om vandhullet for enden, var skabt af slagger fra den nærliggende forbrændingsanstalt flere år inden, Far byggede vores hus.

Vi gik tit tur i Mosen med vores hunde. Det var to dobermann, som kun jeg kunne styre, når de gik tæt på min side uden snor, og som fik alle folk til at gå en stor bue udenom.

Far fiskede og stod på ski derovre. Og sammen cyklede vi søndagsture ovre på stierne – indtil den dag, hvor jeg styrtede og fik så meget grus og støv i afskrabningerne på ryggen, at Mor måtte rense den med en stiv skurebørste.

Da jeg blev ældre, gemte jeg mig sammen med en veninde i en lille hule under en busk og røg en ultratynd Mistral, der smagte så dårligt, at jeg ikke gentog succesen. Men det var lidt sejt at have prøvet.

Til vejfesten i det grønne havde hver familie pakket en madkurv og i samlet flok gik vi over på det store grønne område, hvor Far ventede os med alskens udstyr, der skulle bruges til forskellige konkurrencer.

Nabokonen var en af de friske kvinder på vejen. Især mændene var glade for hendes selskab, for hun var altid med på den værste. Og hun gik ikke ad vejen for en drikkekonkurrence eller to.

Dét fik hun nu lejlighed til at prøve under Fars kyndige anvisninger. Men først efter at vi alle var blevet inddelt i fire hold, der hver fik udleveret et par ski i overstørrelse. Konkurrencen gik så ud på, at alle på holdet skulle spændes fast til de to ski og samtidig flytte skiftevis det ene og det andet ben, mens de holdt fast i holdkammeraten foran, for til sidst at komme først over målstregen.

Jeg tænker, at virkeligheden overgik Fars livligste fantasi om, hvordan vi alle ville vælte rundt mellem hinanden, for han nærmest rullede sig i græsset af grin, mens tårerne strømmede ned ad hans kinder. Selv Nabokonens ivrige hvin overdøvede han.

Efter den mere eller mindre våde frokost, blev vejens voksne beboere inddelt i hold på én mand og én kvinde. Sammen skulle de i gåsegang med en snor bundet fast til livet på dem begge gå ud på en smal planke, som Far på en Storm P-agtig måde havde surret fast ud over mosens mørke vand.

Det var ikke alle hold, der var lige modige. Så derfor kom de aldrig helt ud for enden af planken.

Men Nabokonen, der var på hold med Mureren, ville ikke stå tilbage for nogen. Trods en høj promille var hun dog skarpsindig nok til at have overvejet risikoen for at blive våd. Derfor overbeviste hun Mureren om vigtigheden i at gå planken ud kun iført undertøj. Det var jo trods alt sommer.

Dét var den mindst lige så beduggede murermester med på. Og under høje klapsalver smed parret det mest af deres tøj, hvorefter de tætsammenbundne begav sig ud på planken.

Måske var træet blev mørt af tidens tand eller træt af de mange halvtunge herrer i grundejerforeningen. Eller måske havde Far haft en velplaceret fukssvans med i spillet. I hvert fald gik det hverken værre eller bedre end at brættet begyndte at knage, da parret var nået næsten helt ud for enden.

Det er sin sag at vende rundt, når underlaget, man står på, knapt er bredere end en fod, og man samtidig er bundet fast til et andet menneske. Derfor gik det hverken værre eller bedre, end at Nabokonen og Mureren væltede ned i mosevandet ovenpå hinanden.

Mosen er ikke dyb. Men om vandets mørke farve skyldtes andemad eller forbrændingsslam, var der ingen, der vidste. Men at det var mere end ulækkert at bade i mosevandet, var der ingen tvivl om. For da vandhundene atter dukkede op på bredden, var de så indsmurte i grønsort materie, at man dårligt kunne kende dem.

Bedre var det ikke, at Murerens underbukser, der var fyldt til renden med slam, var blevet tynget ned om haserne på ham. Og nabokonens hvide, blonde-BH, som jeg havde set hende vaske i køkkenvasken aftenen forinden, var indsmurt og lige til skraldespanden. Godt, hun havde så mange forskellige brystholdere at vælge imellem.

Den første, der fnisede af optrinnet, var Den Enlig Mor. Og så rumlede latteren op nede fra alle de tykke maver og samtlige koner og børn stemte i.

Kun Far kunne jeg ikke høre. Da jeg vente mig om for at kigge efter ham, så jeg, at han var ved at blive kvalt, mens han med ansigtet gemt i græsset rullede fra side til side i forsøget på at beherske sig.

I flere dage knasede det i hans tænder, når han tyggede.

En bøn til min generation – og de næste

Villavejen er ikke nogen trafikeret vej. Men den var aldrig mennesketom, da jeg var barn. Altid var der nogen at hilse på, nogen at sludre med.

Der går stadig mennesker op og ned ad vejen. Men sjældent et kendt ansigt. For nu er der åbnet op for enden, så medarbejderne fra det evigt voksende industriområde bagved kan gå dén vej til og fra bussen.
"Nu er vi de gamle på vejen."
Mors stemme har en lidt trist og melankolsk klang. Og det kan jeg godt forstå.
For der er ikke længere en grundejerforening. Og der er ingen sommer- eller efterårsaktiviteter. Højst et loppemarked hvert femte år.
Der er heller ingen steder, hvor børnene efter en kort banken på døren bare går ind for at se, om der er nogen at lege eller snakke med.

Selvom alle grundene er bebygget, og der i alt ligger 30 boliger på vejen, har tiden ændret så vel beboerne som fællesskabet.
Det nedsætter jo selvfølgelig også risikoen for sladder. Men den negative konsekvens er, at folk så at sige ikke aner, hvad hinanden laver eller hedder. De interesserer sig simpelthen ikke længere for hinanden.
Hvor jeg selv bor med mine børn, er det ikke meget anderledes, selvom jeg i forhold til tidligere nu faktisk

bor på landet, hvor man måske kunne forestille sig, at folk kom hinanden mere ved.

Jeg hilser ikke på folk på vejen. Og hvis jeg gik forbi en mand eller kvinde nede i byen, ville jeg ikke ane, hvis det var min nabo.

Jeg ville heller ikke ane, hvem jeg skulle opfordre mine børn til at løbe hen til i en nødsituation. Men hvorfor skulle de også have brug for dét?

Både mobilens nødopkald og Google er inde for behagelig rækkevidde, hvis uheldet skulle være ude. Ingen i min generation har for alvor brug for naboskab længere. Og da slet ikke i børnenes generation.

Børn i dag har så travlt uden for hjemmet og det nærmeste lokalområde. De har travlt med at leve op til de forventninger, vi som voksne har til dem om at være sociale på tværs af alle skel.

Da jeg var til første forældremøde på den skole, hvor kommunernes store klasser er samlet, var det sat som punkt på dagsordenen, at vi forældre skal sørge for, at vores børn har nogle sunde fritidsinteresser.

Hvad er en sund fritidsinteresse? Og hvornår skal vi som forældre have tid til også at passe vores børns fritid?

Det kan godt være at folk i mine forældres generation arbejdede fysisk hårdere, end folk i dag. Til gengæld havde de fri, når de havde fri. De kunne selv have sig et fritidsliv med interesser, der optog dem! De skulle ikke køre til amerikansk fodbold, teenager mindfulness, parkour eller kreativ maling for tumling.

Når de kom hjem, kunne de sætte sig med en kop kaffe og nyde stilheden, som herskede i huset, fordi børnene var udenfor, fra de kom hjem, til de skulle have aftensmad.

Ungerne kunne selv cykle til og fra venner eller fodbold.

I dag skal de køres i bil frem og tilbage.

Med al den manglende fritid er det måske ikke så underligt, at vi ikke har tid til at engagere os i vores naboer.

Børnene er naturligvis ikke altid væk fra hjemmet. De sidder da lige så gerne på deres værelser med deres skærm og spiller eller taler med vennerne.

Der kan være langt imellem, at de mødes og hygger efter skole. Og er de endelig sammen, sidder de alligevel med hver deres skærm.

Hvis man spørger teenagerne af i dag, hvor meget kontakt de har med omverdenen, så er de helt sikre i deres sag.

"Vores samtaler på Skype eller Messenger er meget alvorlige, og vi er gode til at trøste hinanden, hvis vi har brug for det."

Og det er jo alt sammen meget fint. Men hvad de ikke har med i deres beregninger er, at et kram, en fysisk berøring af en arm eller en skulder, sætter gang i kroppens produktion af hormonet oxytocin – "krammehormonet" – der styrker tillid, knytter bånd og reducerer frygt.

Nok kan de sociale medier meget. Men dét kan de trods alt ikke.

Et andet aspekt er de gamle fortællinger, der risikerer at gå tabt, når man ikke længere kommer hinanden ved.

Tidligere gik mødres og bedstemødres viden i arv til døtre og børnebørn. På den måde sikrede man sig, at nyttig viden om blandt andet naturens helbredende urter blev givet videre.

Den slags viden har vi for så vidt ikke længere brug for. Men det betyder ikke, at vi kan undvære den viden vores forældre og bedsteforældre har.

I dag er det nærmest den værste frygt for enhver kvinde at ligne sin mor. Men vi kommer ikke uden om det. Generne følger os.

Samtidig er vi præget af de tanker og handlemønstre, vi er vokset op med. Oftest ligner vi vores forældre lige så meget på dét punkt som på næsen eller rynkerne.

Og dét kan vi faktisk bruge både positivt og negativt. Ved at lytte til deres historie og deres måder at handle og reagere på i givne situationer, genkender vi sider hos os selv og lærer derved at forholde os til dén, vi er ud fra dét, vi kommer fra.

At socialisere med andre – også dem der ikke er familiemedlemmer - i forskellige generationer udvider vores horisont. Alle generationer kan lære af hinanden.

Det er en stor trend i øjeblikket, at gamle etablerede virksomheder ansætter meget unge mennesker, der kan ruske lidt op i gamle kulturer. Og omvendt ansætter unge virksomheder garvede konsulenter, der gerne deler ud af deres mangeårige erfaringer.

Ved at omgås naboerne i ens lokalområde kan man på tilsvarende måde dele erfaringer og lære nyt. Det er ikke farligt at tilbringe tid med gamle mennesker. Og man skal ikke lade sig stemple som én, der ikke vil være sig sin alder bekendt, fordi man lytter til de yngre mennesker omkring sig.

Alle har vi brug for fællesskaber og tilhørsforhold. Alle kan vi tilføre hinandens tilværelse værdi.
Så lad os alle huske at smile til folk på vores vej eller i vores opgang. Lad os sammen huske at udveksle nogle høfligheder eller ringe på hos naboen og låne en kop sukker.
Vi aner ikke hvilke positive oplevelser, der gemmer sig bag de lukkede døre.
"Den tid kommer aldrig igen", siger Mor og sukker dybt.

Men helt ærligt. Det bestemmer vi faktisk selv.

Tak

Ingen bog bliver til uden inspiration.

Nogle forfattere læser en masse bøger om det valgte emne for at se, hvad der er lykkedes for andre og for at blive kloge på, "hvordan man gør".

Jeg valgte det modsatte; *ikke* at lade mig inspirere af andre, der har skrevet om deres barndom.

Og så alligevel...

Da jeg var ung, læste jeg "Midt i en klunketid" af Benjamin Jacobsen. Sjældent har jeg grint så meget. Jeg kunne med al tydelighed se samtlige scenarier for mig.

Da jeg startede på denne bog, tænkte jeg, at når han kan skrive om sine familiemedlemmer, som ingen for så vidt kender, og slippe af med det på så morsom vis, så kan jeg selvfølgelig også.

Alligevel var jeg lidt i tvivl om, hvorvidt det bare var mig, der kunne se det morsomme i min barndoms oplevelser. Eller om jeg var så heldig at kunne få de rigtige billeder frem hos andre.

Min første og nok hårdeste dommer var min teenagedatter, som jeg måtte "ansætte", før hun kunne "finde tid" til at læse og kommentere på mit manuskript. Men at få A4-siderne tilbage fyldt med glade smileys – og endda én med grinetårer – gjorde mig meget stolt og gav mig modet til at færdiggøre teksten.

Det chokerede udtryk i min yngste datters ansigt, når jeg læste højt for hende om mine eskapader, var ubetaleligt.

Især måtte jeg holde masken, når hun kiggede

anklagende på mig og pointerede, at "dét der må man altså ikke!"

Mit næste spørgsmål var, hvordan historierne ville blive taget imod af et voksent publikum?

Lone Gjerstrup Hansen gjorde mig opmærksom på, hvor mange ord, jeg selv finder på, når jeg skriver. Og hvor oldnordisk mit sprog til tider kan være.

Gitte Thrane Christensen spurgte ind til alt, der var den mindste smule uforståeligt eller familiært og fik mig til at se historierne udefra.

Forfatter Annette Dollard læste første korrektur på bogen og fik mig til sidst til at indse, at tiden endnu ikke er moden til at udskifte også med osse.

Den garvede og meget pertentlige skolelærer Britt Evald satte det sidste punktum i processen, da hun med sit skarpe øje fik selv mig til at grine over nogle sætninger, der i en krakilers øjne havde fået en helt forkert betydning.

Kære piger, kære kvinder...

Tusind tak for jeres uvurderlige hjælp.

Til sidst vil jeg gerne takke vejens anonyme beboere og ikke mindst min mor for at have bidraget til nogle morsomme oplevelser, der for evigt vil være printet på min nethinde.

Og i ligestillingens retfærdige navn skynder jeg mig i 11. time at nævne min far og min kæreste Rocky, som altid bakker op og tror på mig.

Om forfatteren

Maja Rosendal Avnbøg er professionel ghostwriter.
Hun hjælper mennesker med at skrive deres egne historier.

Hun er forfatter til fagbogen "Pårørende på Tværs", Munksgaard, 2016.
  Hun har desuden skrevet et væld af artikler til ugeblade, magasiner og aviser samt tekster til web og markedsføringskampagner.
  "Fest og Ballade i Barndommens Gade" er hendes skønlitterære debut.

www.ghostwriteren.dk
www.facebook.com/ghostwriteren.dk
Instagram: ghostwriteren